일러두기

· 원어는 본문 최초 등장 시에 1회 병기했다.

· 인명·지명·단체명을 비롯한 고유명사의 외래어 표기는 국립국어원 외래어표기법을 따랐으나, 관례로 굳어진 것은 존중했다.

· 마일·파운드 등의 질량 및 길이 단위는 국제단위계(SI)를 기반으로 일괄 수정하고, 한글 맞춤법을 따라 표기했다.

· 단행본은 『 』, 신문과 잡지는 《 》, 미술 작품 및 전시, 영화 등은 〈 〉로 묶었다.

· 모든 각주는 옮긴이의 주석이다.

NASA 예술
THE ART OF NASA

2022년 12월 19일 초판 발행 · **지은이** 피어스 비조니 · **표지 일러스트레이션** 폴 칼레 · **옮긴이** 송근아 · **펴낸이** 안미르 안마노
편집 김한아 · **디자인** 옥이랑 · **영업** 이선화 · **커뮤니케이션** 김세영 · **제작** 한영문화사 · **종이** 모조지 150g/m², 스노우 120g/m²,
뉴에코블랙 150g/m², Hi-Q 매트 프리미엄 132g/m² · **글꼴** AG 최정호 민부리, AG 최정호체, 윤고딕 300, Helvetica

안그라픽스
주소 10881 경기도 파주시 회동길 125-15 · **전화** 031.955.7755 · **팩스** 031.955.7744
이메일 agbook@ag.co.kr · **웹사이트** www.agbook.co.kr · **등록번호** 제2-236(1975.7.7)

ISBN 979.11.6823.018.7 (03600)

NASA 예술

일러스트레이션으로
만나는 우주 탐사의 길

피어스 비조니 지음
송근아 옮김

안그라픽스

꿈이 먼저다

예술은 어떻게 우주로 가는 길을 보여주었는가

아폴로를 위한 전차
아폴로 시대의 중요한 우주 일러스트레이터 데이비스 멜처의 작품. 이 1967년 그림은 플로리다의 케네디우주기지에서 이륙하는 새턴 V호에 관한 그의 생각을 담았다.

미국항공우주국National Aeronautics and Space Administration(이하 나사NASA)이 미국 로켓 프로젝트 초기 몇 년 동안 프로젝트 설명을 위해 배포한 이미지들을 보면 오늘날 기준에서는 원시적인 수준이라 할 만하다. 미국 최초의 유인 우주선 머큐리Mercury호에 관한 첫 보도자료에서는 머큐리호의 세부 모습을 굉장히 단순하게 묘사한다. 신문 사진이나 삽화를 컬러가 아닌 흑백으로 인쇄하는 게 일반적인 시대였기에, 홍보용 자료에도 대부분 흑백 이미지를 사용했다. 1960년대 내내 단색 텔레비전이 거실을 차지했지만, 전국적으로 유명한 잡지 중에는 컬러 이미지를 싣는 곳도 있었다. 그중에서도 《라이프》는 머큐리호에 탑승할 우주비행사들의 생활을 (과장된 면이 있긴 하지만) 선명한 색상으로 보여주는 데 결정적인 역할을 했으며, 《내셔널 지오그래픽》은 피에르 미옹Pierre Mion과 데이비스 멜처Davis Meltzer 같은 뛰어난 예술가들에게 어떤 카메라로도 포착할 수 없는 새로운 우주 탐험의 장면을 묘사하도록 의뢰했다. 마치 우주 바깥을 떠다니던 미지의 외계인이 신처럼 보이는 우주선과 우주비행사의 모습을 구경하는 듯이 말이다.

종종 잡지 속 이미지와 나사의 보도자료가 겹치기도 했는데, 이는 우주 주제에 관한 안목을 가진 실력 있는 상업 예술가들이 로켓을 제작하는 기업뿐 아니라 대량 판매를 노리며 우주 관련 기사를 싣는 잡지사에도 작품을 제공했기 때문이다. 머큐리호 내부를 그린 첫 번째 컬러 이미지는

욕망의 날개
왼쪽 그림은 1954년 《콜리어스》에 실린
롤프 클렙의 일러스트레이션이다. 베르너
폰 브라운이 설계한 우주비행기의 모습으로,
꼭대기에 로켓을 장착했으며 재사용이
가능하다.

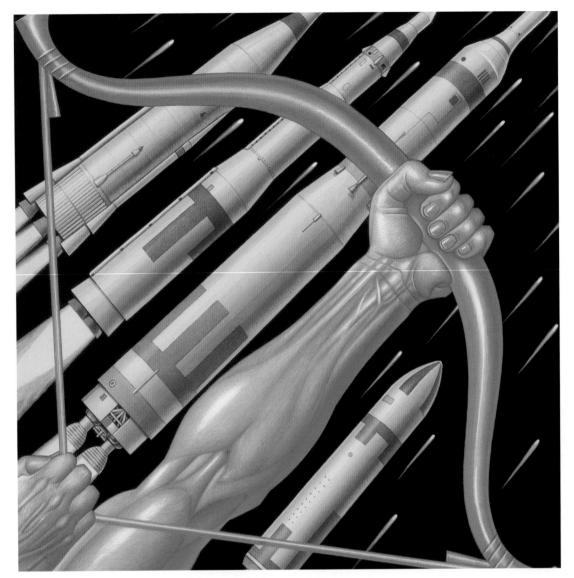

나사가 아닌 우주선 제작 회사 맥도넬더글라스McDonnell Douglas사의 기업 사보 일부분에 등장했고, 그 후 언론에 널리 퍼졌다. 대부분 흑백 이미지였다. 제미니Gemini 프로젝트의 홍보 역시 개략적인 이미지를 가지고 시작되었지만, 소위 문 레이스Moon Race라 불리는 달 탐사 경쟁이 과열되던 이 시기(1960년대 중반)에는 더 많은 컬러 신문이 신문 가판대에 등장했고 인쇄물을 향한 대중 매체의 욕구도 식을 줄 몰랐다. 나사는 미국 납세자들에게 국가 우주 프로젝트의 작은 세부 사항까지 모두 보여주기 위해 보도부와 사진 인화 연구소, 그래픽 팀을 산업적인 규모로 운영하기 시작했다. 이런 움직임은 어마어마하게

비싼 프로젝트 사업에 정치적 지지를 붙잡아 놓으려는 방법의 일환이었지만, 미소 짓는 우주비행사 이미지 외에 별다른 사진은 거의 공개하지 않았던 소련의 폐쇄적인 로켓 프로젝트와 비교했을 때 나사가 얼마나 더 개방적인 자세를 취하는지를 보여주는 방식이기도 했다.

발사, 도킹과 언도킹, 착륙과 이륙, 랑데부 기동, 모듈 폐기, 낙하산을 이용한 착수splashdown 등 아폴로호의 복잡하고 다사다난한 임무 프로파일은 나사와 우주선 제작업체들이 진행한 그간의 이야기를 새로운 수준의 정교함으로 끌어올렸다. 그것은 종래와 마찬가지로 마치 인간 관찰자가 존재할 수 없는 위치에서의 다양한 시선으로,

우주의 춤을 우주선 외부에서 보는 관점으로 묘사되었다. 1968년, 실제 아폴로Apollo호가 달을 향해 발사되었을 무렵 예술가들은 매우 세밀하고 기술적인 작품을 완성했다. 대략 스케치한 이미지에 설명용 라벨지를 엉성하게 붙여놓던 머큐리 시대가 영원히 사라진 것이다. 심지어 신문사들이 검정 잉크만으로 재인쇄할 수 있는 이미지를 요구하거나 색상 변화 효과를 위해 색조 한 개만 추가하는 '이중톤' 이미지를 요청하더라도, 루드윅 지엠바Ludwik Ziemba와 W. 콜로피W. Collopy가 협력해 만든 초기 아폴로호 이미지나 《로스앤젤레스 타임즈》의 아트디렉터 루스 아라스미스Russ Arasmith가 달 착륙 미션을 설명하기 위해 그린 작품 중에는 예술가들이 직접 시대를 초월한 걸작으로 만들기 위해 다시 컬러로 색칠한 경우도 있었다. 나사의 이야기 속에서 예술은 기술적인 묘사 그 이상의 역할을 해냈다. 1962년, 워싱턴 D.C.에 있는 국립미술관의 헤리워드 쿡Hereward Cooke과 나사의 수석 행정관 제임스 웹James Webb은 저명한 예술가들이 나사를 방문하고 둘러본 느낌을 바탕으로 작품을 그릴 수 있도록 초청장을 작성했다. 그들은 어떤 공간에서든 예술과 과학이 필요하다고 강조하며 다음과 같이 썼다. "거대한 로켓이 발사될 때, 카메라 200대 이상이 로켓의 매 순간 움직임을 촬영합니다. 하지만 카메라는 모든 것을 보고도 아무것도 이해하지 못합니다. 예술가의 시야에는 이런 사건들의 감정적 영향, 해석, 그리고 숨은 의미가 담겨 있습니다." 신뢰가 부족한 오늘날에는 상상하기 어렵지만, 그들에게 선택된 예술가들은 나사 시설에 자유로이 접근할 권한을 얻었다.

옛 서부의 생활상을 그린 것으로 유명한 폴 칼레Paul Calle는 그 도전을 받아들여 우주비행사들과 그들이 탄 우주선을 명확한 설명과 예술적 해석이 담긴 연필화로 훌륭하게 재현해냈다. 비슷한 맥락에서, 파멜라 리Pamela Lee는 어떤 기술적인 배경이나 세부 사항과도 타협하지 않고 인간적인 측면을 최우선으로 두어 우주왕복선Space Shuttle 비행사들의 모습을 묘사해 따뜻하고 인간적인 감성을 일으키는 작품을 그렸다. (파멜라, 이 책에 당신의 작품을 싣도록 허락해주어 고맙습니다.) 유명한 항공우주 일러스트레이터인 로버트 맥콜Robert McCall은 우주 선체 마니아들을 만족시키기 위해 낭만적이면서도 기술적으로 정확한 그림을 그린 반면, 라마 도드Lamar Dodd, 미첼 제이미슨Mitchell Jamieson, 제임스 와이스James Wyeth 같은 미술가들은 우주선이라는 기계 속에 박혀 있는 전선과 스위치, 케이블, 다이얼, 은색 옷을 입은 인간의 모습이나, 발사대를 둘러싼 광활하고 섬뜩한 풍경처럼 인상주의적인

이야기를 그려냈다. 주요 작품을 모아놓은 미술품 컬렉션은 현재 워싱턴 D.C.에 있는 스미스소니언협회Smithsonial Institution의 항공우주박물관에서 보관한다.

꿈의 중요성

시대가 변했다. 2004년, 가수이자 공연 예술가인 로리 앤더슨Laurie Anderson이 1년 동안 나사에 상주하는 예술가로 위촉되었다. 전자 실험과 현대 기술 문화에 끊임없는 호기심을 가진 그녀는 기발한 시선으로 우주 사업을 곁눈질할 수 있는 완벽한 예술가였다. 그러나 슬프게도 당시 의회는 예술의 중요성을 잊어버렸다. 앤더슨이 1년간 일한 대가로 2만 달러라는 적은 사례금을 받았을 때, 일부 의원들은 이 프로젝트를 중단시키기 위해 '나사는 공연 예술가를 위해 납세자들의 돈을 써서는 안 된다'고 외치는 캠페인을 이끌었으며, 성공했다. 그러나 이런 편협한 사고방식은 미국의 우주 미래를 희생시킬 수 있다. "아이디어와 환상, 동화가 무조건 먼저다. 과학적인 계산은 그다음이다. 결국, 꿈이 있어야 성취가 있다."라고 한 러시아 이론 로켓 연구의 선구자 콘스탄틴 치올콥스키Konstantin Tsiolkovsky의 말이 사실이기 때문이다. 삽화 그림과 예술 작품들은 미래 우주 프로젝트를 꿈꾸게 하고, 결국엔 적어도 그 꿈을 일부 실현하는 데 필요한 도움을 준다.

아폴로호 우주비행사들이 임무를 수행하며 핫셀블라드Hasselblad 카메라로 찍은 눈부신 사진들이 지구로 돌아왔을 때, 그들이 본 것을 우리도 보았다. 생명 없는 달 지평선 위로 솟아난 지구와 풀려 있는 탯줄 끝에서 무중력 상태로 떠다니는 승무원들, 하얀 우주복에 거대한 헬멧을 쓴 채 달 먼지를 걷어차는 그들의 모습이었다. 우리는 우주비행사들이 있던 곳에 선 우리 자신을 상상할 수 있었고, 까만 우주를 배경으로 선 동료나 부드러운 윤곽을 가진 달의 산들을 사진으로 찍을 수 있었다. 사회적·정신적 영향력으로 봤을 때 그 사진들은 값을 매길 수 없을 만큼 귀한 것이었다. 주로 우리가 몇 번이고 되풀이해서 돌아보는 사진들이다. 그 속의 선명하고 영원한 아름다움에 놀라지 않을 수 없겠지만, 나사의 이야기에는 '사진' 그 이상의 것이 들어 있다.

자료 보관의 당면 과제

수많은 그래픽과 함께, 임무 진행 전에 만들어진 모든 콘셉트 그림은 당시에 향후 무슨 일이 일어날지 알려주기 위해 만들어졌다. 그중 대부분이 우리 기억에서 '이제 그리 중요하지 않은' 부분으로 밀려났으며, 역사적인 기록에서도 분명 약간의 차이가 있을 것이다. 이 책은 그 공백을 메우기

위한 도전의 결과지만, 아직 갈 길이 멀다. 나사는 우주 기관이지, 박물관이 아니기 때문이다. 그리고 쉽게 찾을 수 있는 자료보다 훨씬 더 많은 양의 역사적 자료들이 반세기 이상 실종되었기 때문이다.

보잉Boeing, 록히드마틴Lockheed Martin, 노스아메리칸 North American 등 주요 우주선 제작업체들의 사정도 마찬가지다. 다시 말하지만 이런 기관들은 박물관이 아닌 사업체이기 때문에 수익성 없는 자료 보관을 위해 값비싼 공간을 할당하는 일에는 제한적이다. 항공 우주 산업의 불안정한 구조가 기업 인수 과정으로 끊임없이 변화하는

상황에서, 기관 소속 역사학자들은 그들이 할 수 있는 일을 할 뿐이다. 지난 50년간 회사의 체계를 개편하는 과정에서 구겨진 격납고와 낡은 사무실 건물의 '쓸모없는' 종이 더미들은 쓰레기통에 버려졌다. 순수하게 물리적 자료의 측면에서 봤을 때 중요하다 여긴, 실제 나사 임무에서 찍힌 사진 필름만이 신성한 존재처럼 특별한 금고에 보관될 뿐이다. 이 1세대 유물들은 국보로도 취급된다. 초기 미국 우주 탐사 이야기의 매우 많은 부분이 재인쇄되거나, 재인쇄물의 복사본으로 만들어져 우리에게까지 전해진다.

손으로 그린 우주선 도면 수만 장 안에는 여러 번

지구 결합의 미끄러짐
노스아메리칸사의 예술가 로버트 니콜슨 Robert Nicholson의 1960년 작품으로 X-15 로켓 비행기를 묘사한 것이다. 우주의 끝까지 도달하는 그의 엄청난 능력 덕분에 그는 이후 10년간 아폴로 달 착륙 프로젝트에서 주요 역할을 담당했다.

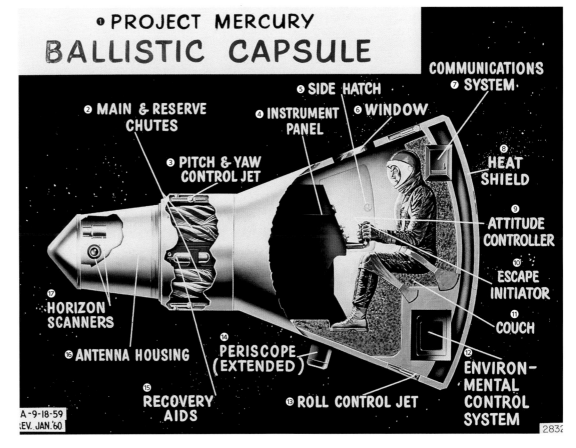

① PROJECT MERCURY BALLISTIC CAPSULE

- ② MAIN & RESERVE CHUTES
- ③ PITCH & YAW CONTROL JET
- ④ INSTRUMENT PANEL
- ⑤ SIDE HATCH
- ⑥ WINDOW
- ⑦ COMMUNICATIONS SYSTEM
- ⑧ HEAT SHIELD
- ⑨ ATTITUDE CONTROLLER
- ⑩ ESCAPE INITIATOR
- ⑪ COUCH
- ⑫ ENVIRONMENTAL CONTROL SYSTEM
- ⑬ ROLL CONTROL JET
- ⑭ PERISCOPE (EXTENDED)
- ⑮ RECOVERY AIDS
- ⑯ ANTENNA HOUSING
- ⑰ HORIZON SCANNERS

A-9-18-59
REV. JAN.'60

2832

❶ 머큐리 프로젝트/ 탄도 캡슐
❷ 메인&리저브 낙하산
❸ 피치&요 컨트롤 제트
❹ 계기판
❺ 측면 해치
❻ 창문
❼ 통신 시스템
❽ 열 차폐
❾ 자세 제어기
❿ 탈출 버튼
⓫ 좌석
⓬ 환경제어시스템
⓭ 롤 컨트롤 제트
⓮ 잠만경 (돌출형)
⓯ 복구용 에이드
⓰ 안테나 하우징
⓱ 수평선 스캐너

문대져 흐려진 글자와 얼룩에 가린 문장들이 들어 있다.
그 도면들을 뻣뻣한 흰 종이 위에 놓고 CRAcamera-
ready artwork(카메라를 이용한 예술 작업)를 진행한다.
흰 종이는 네거티브 필름 시트지가 되어 도면 이미지를
사진 인화물로 인쇄하기 위해 컴퓨터로 전송한다. 그다음
기술자의 설명서로 인쇄하기 위해서 네거티브 시트는
산성 에칭 작업용 금속판으로 보내진다. 원본 도면 작품은
그저 중간 과정에 필요한 자료로만 여겼기에 사진과
인쇄판이 만들어지면 대부분 그냥 폐기되었다. 심지어
기술자의 설명서 인쇄본도 이제는 수집이 어려운 희귀품이
되어버렸다. 화려한 색상의 수많은 그림도 똑같은 운명을
맞이했는데, 너무 많은 작품이 광택 나는 인쇄물이나 화려한
석판 인쇄물로 바뀌는 '중요한' 작업이 완성되고 나면 바로
버려졌다. 요즘에는 예전에 만들어진 우주 관련 석판도

닭 이빨처럼 희귀하다. 그 석판의 밑그림이었던 원래 예술
작품은 찾기가 더 어렵다. 다행히도 우주 기록 보관에
헌신하는 수많은 시민 자료수집가가 나사의 벽을 넘어
그들이 찾을 수 있는 모든 것을 추적하고 복원하며, 주로
사진과 인쇄 자료를 세심하게 개선해 중요한 예술 작품을
질 좋은 상태로 만드는 데 힘쓴다.

　　나사의 시각적인 이야기에 관해 깊고 다양한 지식을
가진 최고의 우주 시대 전문 역사학자인 폴 펠드Paul Fjeld와
에드 헨게벨드Ed Hengeveld, 에릭 존스Eric Jones, 스콧
로더Scott Lowther, 론 밀러Ron Miller, 킵 티그Kipp Teague에게
감사를 표한다. 인터넷에서 이 대단한 사람들의 흔적을
찾아보면 후회하지 않을 것이다. 특히 시민 자료수집가인
마이크 액스Mike Acs에게 감사의 말을 전한다. 그의 수집품
속에는 적어도 반세기 동안 나사와 관련 계약업체들이

❶ The world's first liquid hydrogen engine works in space

Pratt & Whitney Aircraft's liquid hydrogen engine RL10 engines have powered the successful space flights of the Douglas Saturn S-IV and Centaur®, built by General Dynamics/Astronautics. Flawless RL10 performance in both launches signals a new era in space vehicle propulsion. The Pratt & Whitney Aircraft RL10 design was developed at the division's Florida Research and Development center for NASA's Marshall Space Flight Center. These engines are today's pioneers in Pratt & Whitney Aircraft's advancement of propulsion technology for future space missions.

*The Centaur flight was under the direction of NASA's Lewis Research Center.

Pratt & Whitney Aircraft

❶ 세계 최초로 액체 수소 엔진이 우주에서 작동하다

❷ House power for our moon men will come from an efficient new fuel cell developed by Pratt & Whitney Aircraft for the National Aeronautics and Space Administration's Manned Spacecraft Center. The fuel cell will generate life-sustaining electrical power during the Apollo spacecraft's round-trip voyage to the moon. Pratt & Whitney Aircraft provides design and manufacturing leadership in power for many applications, in and out of this world.

Pratt & Whitney Aircraft U A

❷ 달 탐사대를 위한 하우스 파워

처음 만든 후 그 어디에서도 볼 수 없었을 희귀품들이 들어 있다. 마이크는 온라인에서 놀랍도록 유명하다. 그가 아는 예술가 개개인에 관한 정보는 그가 가진 매우 희귀한 이미지 대다수와 마찬가지로 이 프로젝트에서 매우 중요하게 사용되었다. 더불어 주요 우주역자학자이자 세계에서 나사 옛 이미지를 가장 많이 가진 수집가 중 한 명인 J. L. 피커링J. L. Pickering의 디지털 자료를 찾아보길 바란다. J. L.은 특히 그가 가진 다양하고 멋진 수집품을 자세히 살펴볼 수 있도록 허락해주었다. 또한, 1960년대 초의 상업 일러스트레이터 칼 조슈케Carl Zoschke의 진귀한 작품을 발굴해준 패트릭 쇼트Patrick Short에게도 감사를 표한다. 칼 조슈케는 오늘날 거의 잊혔지만 그래도 기억할 가치가 있는 일러스트레이터다.

시간에 따라 줄어들긴 했지만 '공식 자료'도 있었다. 당연히도 나사에는 4×5인치 컬러 필름 시트에 보존된 수많은 주요 예술 작품의 사본이 훌륭하게 보관되어 있다. 워싱턴 D.C.에 위치한 나사 본부의 멀티미디어 담당자 버트 울리히Bert Ulrich와 선임 사진연구원 코니 무어Connie Moore가 이 책을 제작하는 데 귀중한 도움을 주었다. 그들은 종종 막연한 힌트만으로 내가 찾던 수많은 보물을 끈기 있게 검색하고 발굴해주었다. 게다가 베테랑 사진 수집가이자 전 나사 공보 담당 직원인 마이크 젠트리Mike Gentry도 주로 내가 모르는 것을 알려주고, 내가 이미 진행한 일을 확인해주며 든든한 지원군이 되어 주었다.

지금까지 이 모든 재산이 생존했지만, 나사의 역사에 정통한 사람이라면 원본 그래픽과 일러스트레이션 영역의 자료가 특히 많이 손실되었다는 사실을 뼈저리게 안다. 어쩌면 나사를 은퇴한 우주비행사나 직원들의 집 어딘가에, 또는 홍보부 사무실의 낡은 서랍장 속에 갇혀 디지털로 변환되지 못한 자료 사이 더 많은 경이로운 예술 작품이 숨어 있을지 모른다. 주위를 잘 살펴보고, 뭔가 찾는다면 내게 알려주길 바란다.

빛나는 갑옷을 입은 영웅들
나사와 관련된 많은 회사와 마찬가지로
보잉사도 '우주 시대'가 영원히 지속되기를
바랐다. 1960년대 초, 우주정거장을 그린
이 작품은 보잉이 언젠가는 만들고자 했던
아폴로 우주선의 확장판을 주제로 한다.

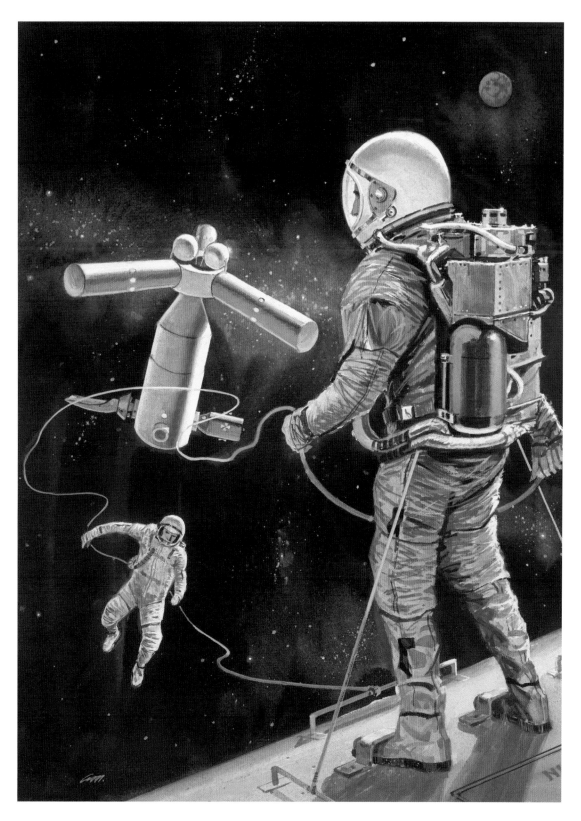

1 이 새로운 바다[1]
미국 우주 역사의 여명기

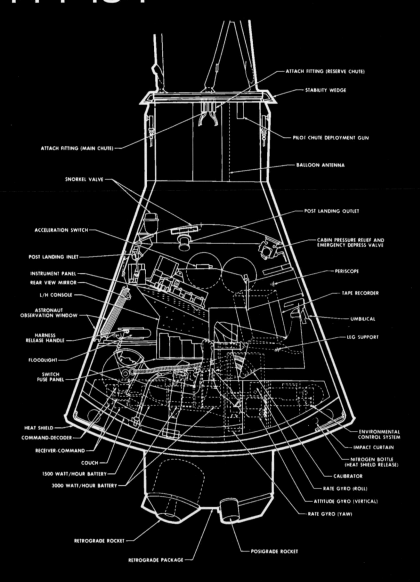

ATTACH FITTING (RESERVE CHUTE)

STABILITY WEDGE

PILOT CHUTE DEPLOYMENT GUN

BALLOON ANTENNA

ATTACH FITTING (MAIN CHUTE)

SNORKEL VALVE

POST LANDING OUTLET

ACCELERATION SWITCH

CABIN PRESSURE RELIEF AND
EMERGENCY DEPRESS VALVE

POST LANDING INLET

PERISCOPE

INSTRUMENT PANEL
REAR VIEW MIRROR

TAPE RECORDER

L/H CONSOLE

ASTRONAUT
OBSERVATION WINDOW

UMBILICAL

HARNESS
RELEASE HANDLE

LEG SUPPORT

FLOODLIGHT

SWITCH
FUSE PANEL

HEAT SHIELD

ENVIRONMENTAL
CONTROL SYSTEM

COMMAND-DECODER

IMPACT CURTAIN

RECEIVER-COMMAND

NITROGEN BOTTLE
(HEAT SHIELD RELEASE)

COUCH

CALIBRATOR

1500 WATT/HOUR BATTERY

RATE GYRO (ROLL)

3000 WATT/HOUR BATTERY

ATTITUDE GYRO (VERTICAL)

RATE GYRO (YAW)

RETROGRADE ROCKET

POSIGRADE ROCKET

RETROGRADE PACKAGE

1954년, 전문가들은 궤도 우주정거장 건설과 달 탐사 임무 수행이
21세기 초에나 가능할 것으로 예측했다. 인간의 첫 우주 탐험이
그로부터 단 7년 만에 실현되리라고는 그 누구도 상상하지 못했다.

'댄 데어'²의 꿈
보잉사의 이 홍보용 그림은 1950년대 내내
소설에 불과했던 우주 탐험을 과학적이고
기술적인 사실로 바꾸는 데 열심인 기업들이
보여준 수많은 비전 중 하나에 불과하다.

1   『이 새로운 바다This New Ocean』는
     나사에서 1989년에 머큐리 프로젝트를
     기록해 출판한 책의 제목이기도 하다.

2   Dan Dare. 1950~1960년대 인기를
     끌었던 영국의 SF 만화.

1 이 새로운 바다

1954년, 미국 대중들은 다음과 같은 메시지를 접했다. "과학자와 엔지니어들은 이제 약 1,730킬로미터 상공에서 지구를 공전하는 우주정거장 건설법을 알게 되었다. 건설하는 데는 10년이 걸리며, 비용은 원자폭탄의 두 배에 달한다. 하지만 우주정거장을 건설한다면, 우리는 평화를 지키는 동시에 인류 통합을 위한 긴 발걸음을 내디딜 수 있다." 이 비전은 당시 유행하던 컬러 잡지인 《콜리어스Collier's》의 시리즈 기사를 통해 많은 사람에게 알려졌다. 1952년에서 1954년까지 우주 관련 특집 기사가 달 식민지와 화성 탐사에 관한 내용을 포함해 7편이나 발표되었다. 독일 출신의 로켓 개발자 베르너 폰

브라운Wernher von Braun이 고안한 미래형 우주선 시스템이 화가 체슬리 본스텔Chesley Bonestell과 롤프 클렙Rolf Klep, 프레드 프리먼Fred Freeman의 손끝에서 생명을 얻었다. 바퀴 모양의 거대한 우주정거장이 축을 따라 부드럽게 회전했고, 승무원들이 그 회전으로 발생한 인공 중력을 즐겼다. 본스텔의 그림 속 우주정거장 위에는 날개 달린 로켓 비행기가 정거해있으며, 그 전경에는 "앞으로 25년 안에" 달을 향해 날아가기 위한 거대한 착륙선이 준비되어 있었다.

윌리 레이Willy Ley는 우주의 대중화에 성공한 인물로, 기사를 작성함으로써 폰 브라운의 주요 협력자가 되었으며, 이후에 많은 저서를 남기기도 했다. 로켓 애호가나 SF

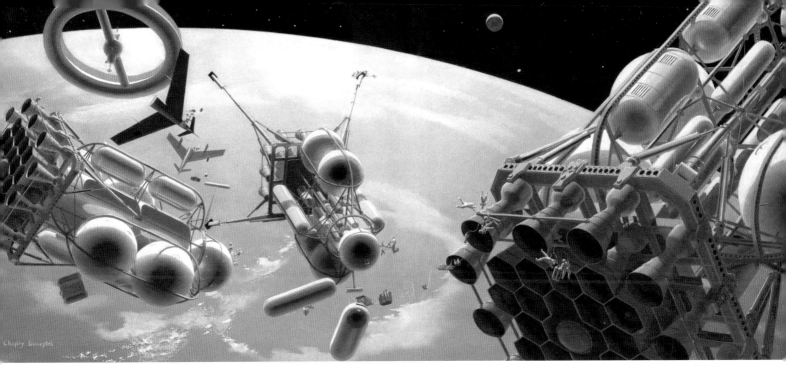

궤도 위 삶을 위한 비전
1954년 《콜리어스》의 우주 테마 기사를
위해 체슬리 본스텔이 그린 영향력 있는
일러스트레이션. 달 착륙선들은 날개 달린
우주비행기가 지구 궤도에 전달한 부품들로
만들어진다.

우주에 관한 문헌
값싼 펄프지 문서에서 호화롭고 예술적인
품질의 책에 이르기까지, 20세기 중반의
책 수백 권이 '우주 시대'의 도래를 이끄는 데
도움을 주었다. 1949년에 처음 출판된 『우주
정복The Conquest of Space』은 가장 중요한
문헌 중 하나다.

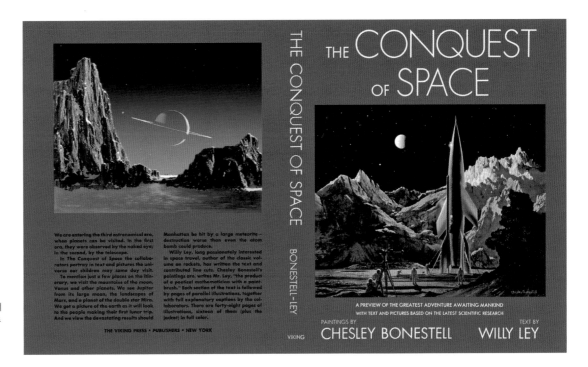

제어력 확보
칼 조슈케의 일러스트레이션으로,
벨에어로시스템즈Bell Aerosystems사가
제작한 머큐리 우주선의 반동 제어 시스템을
그린 것이다. 추진기로 조정하는 피치,
롤링 및 요의 움직임을 강조해 표시했다.

캔 속의 스팸
A. 피어스A. Pierce가 그린 정밀화로,
미주리주 세인트루이스에 있는
맥도넬McDonnell Aircraft사가 버지니아주
랭글리에 있는 나사의 우주 작업팀과 함께
일하며 제작한 머큐리 우주선의 장비 배치를
보여준다. 나사의 우주 작업팀이 휴스턴에
있는 더 크고 웅장한 유인 우주기지로
이전하기 마지막 몇 달 전인 1961년부터
이 그림을 작업하기 시작했다.

마니아들은 이미 1930년대부터 우주라는 꿈에 익숙했지만, 대중이 로켓 우주선이나 우주정거장, 달을 향한 여행을 국가 정책의 심각한 요소로 생각하게 한 첫 계기는 《콜리어스》의 기사였을 것이다. 이 잡지는 한 달에 300만 부가 팔렸다. 5인 가족이 한 부를 읽었다고 보면, 읽은 사람은 1,500만 명에 이를 것이다. 이제 우주는 막연한 꿈이 아니었다. 납세자들이 본격적으로 고려해야 할 사항이 되었다.

《콜리어스》가 마지막 우주 특집 기사를 발표한 지 불과 4년 후, 그 꿈 같았던 비전 중에서 어떤 것을 실현할지에 관한 문제가 국가적 중요 사안이 되었다. 미국이 우주에 소극적인 자세를 취하던 와중, 1957년 10월 4일, 소련은 처음으로 소형 위성 스푸트니크호를 발사했다. 그러자 미국은 스푸트니크에 대한 긴급 대응으로 10개월 후 나사의 문을 열었다. 당시 소련은 가까운 시일 내에 유인 우주선을 발사할 계획을 세웠다. 신생 우주 기관인 나사는 미국 전역의 다양한 소규모 항공 우주 연구 기관으로부터 인간의 우주 비행에 대한 정보 일부를 물려받았으며, 그 기관 대부분을 빠르게 흡수했다. 그중 가장 발전된 프로젝트가

바로 머큐리Mercury 프로젝트였다. 머큐리호의 모듈은 소형 탄도미사일인 레드스톤의 꼭대기에 원뿔 모양의 작은 캡슐이 장착된 것으로, 폰 브라운의 V2 로켓 기술을 기반한 우주선이었다. V2 로켓 기술은 제2차 세계 대전 당시 나치 정권 아래에 있던 폰 브라운이 자신의 오랜 야망, 평화로운 우주 탐험을 위해 미국으로 탈출하며 가져온 것이었다.

시제품 미사일로 급히 개조된 불안정한 로켓에 인간을 태워야 하는 위험, 막대한 비용으로 인한 높은 의구심, 그리고 소련의 위협에도 1959년 4월, 나사는 머큐리 프로젝트에 참여할 우주인 일곱 명을 발표했다. 세계 최초의 우주인 중 한 명으로 앨런 셰퍼드Alan Shepard를 발표했을 때, 대중의 흥분은 최고조에 달했다. 불행하게도 1961년 4월 4일, 소련의 로켓 팀에서 유리 가가린Yuri Gagarin이라는 젊은 남성이 3주 차이로 셰퍼드를 물리치고 우주로 날아가는 캡슐에 탑승했다.

가가린의 비행은 존 F. 케네디에게 엄청난 충격을 주었다. 백악관의 새로운 주인이었던 케네디 대통령은 당시 우주 문제에 큰 관심을 기울이지 않았던 터라 소련의 승리에 대한 세계적인 반응에 놀랐다. 그는 참모들에게 "우리가 할 수 있는 게 뭔가? 어떻게 해야 따라잡을 수 있는가?"라고 물으며 대통령 집무실을 서성거렸다. 3일 후, 그는 또 다른 심각한 패배를 맛보았다. 미국 중앙정보국(CIA)의 지원을 받아 망명한 쿠바인 1,300명이 피델 카스트로 정권을 무너뜨릴 목적으로 쿠바 피그스만에 상륙했으나, 미리 작전을 알았던 카스트로 군대가 이미 해변에서 그들을 기다린 것이다. 케네디가 승인한 침공이었으나, 그 습격은 처참한 재앙이었다.

1961년 5월 5일, 우주비행사 셰퍼드를 레드스톤

대형 달 착륙선
아폴로 우주선의 '직접 발사' 이미지다.
달 착륙과 귀환을 위해 충분한 연료가
수송되어야 한다. 그렇게 무거운 우주선을
발사하려면 새턴 V호보다 더 큰 로켓이
필요할 것이다.

꼭대기에 태운 로켓이 발사되었다. 완전한 궤도 비행이
아닌, 단 15분만 지속하는 탄도 비행이었다. 가가린의
보스토크Vostok호는 전 세계를 돌았지만, 셰퍼드가 탄
머큐리 캡슐은 발사 지점에서 불과 수백 마일 떨어진
대서양으로 떨어졌다. 그러나 이 미사일 비행은 나사의
능력을 증명하기에 충분했다. 이제 우주를 신뢰 회복의
수단으로 보게 된 케네디 대통령은 우주를 '이 새로운
바다'라고 칭했다. 1961년 5월 25일, 그는 '60년대가
끝나기 전에' 인간을 달에 착륙시키고 안전하게 귀환시킬
거라고 다짐하며 미국 국민 누구도 잊지 못할 연설을
발표한다. 그리고 추진력 있는 제임스 웹에게 나사의 지휘를
맡기며 다양한 팀이 달에 가기 위한 아폴로 계획에 더 큰
무게를 두고 함께 일할 수 있도록 만들었다.

착륙 방법의 선택
나사가 케네디의 도전에 응하며 프로젝트를 진지하게
착수했을 때 자연스레 가정한 그림은 거대한 로켓으로
우주인을 달 표면에 내려준 후 다시 집으로 데리고 오는
모습이었다. 이 방법을 직접 발사Direct Ascent라고 부른다.

1940년대 후반, 유명한 우주 화가 체슬리 본스텔이
그린 영감 어린 그림 속에는 공기 저항을 위해 매끄러운
뒷지느러미를 장착한 멋진 은색 로켓이 우주를 배경으로
서 있었다. 그러나 몇 년 후《콜리어스》에는 지구 궤도 위의
거대한 착륙선이 달로 날아가기 위해 조각조각 분리된
모습이 묘사되었다. 나사는 이 그림이 너무 과하다고 평했다.
《콜리어스》에 나온 모습대로라면 시간도 무척 오래 걸리고
비용이 많이 든다는 것이다. 나사는 아주 큰 로켓을 만들어
한 번의 발사로 임무를 완수하는 편이 더 낫고, 훨씬 빠를
거로 생각했다.

그런 로켓으로 달에 갈 수 있다는 건 나사 전 직원이
알았지만, 어떻게 해야 안전하게 달 표면에 착륙시킬
수 있는지 확실히 아는 사람은 아무도 없었다. 로켓은
발사대나 지상 요원의 도움 없이 무사히 착륙했다가 다시
이륙해야 한다. 게다가 왕복 항해와 장비 운반을 위해
충분한 연료가 필요하며, 지구 대기권으로 재진입할 때 시속
약 4만 233킬로미터(시속 2만 5,000마일)의 사투에서
살아남기 위해 열 차폐를 해야 한다. 만약 모든 짐을 갖고
달 표면으로 내려갔다가 다시 이륙해야 한다면, 그것을

스키드 패드에서 직접 발사

1961년 나사 엔지니어 윌러스 타브Willard Taub가 그린 매우 희귀한 이 도표에는 두 종류의 직접 발사형 달 착륙선이 그려져 있다. 하나는 삼각대 착륙 장치를 사용해 꼬리를 먼저 내리고, 다른 하나는 스키드 패드를 사용해 반수평으로 설치되어 있는데, 지구로 귀환하기 위한 모듈 발사를 위한 것으로 보인다.

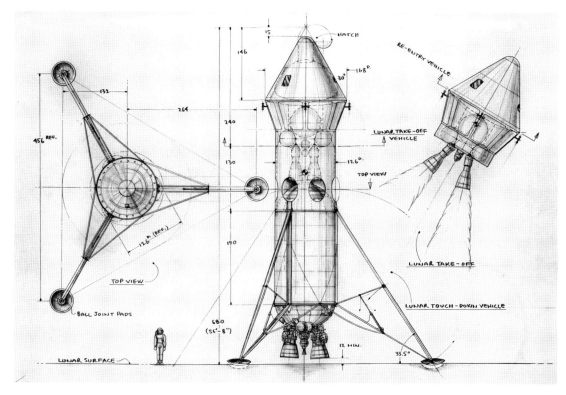

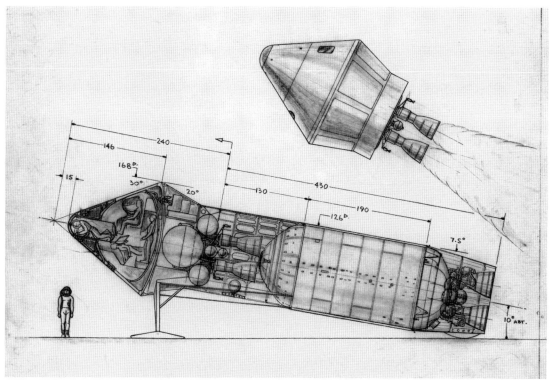

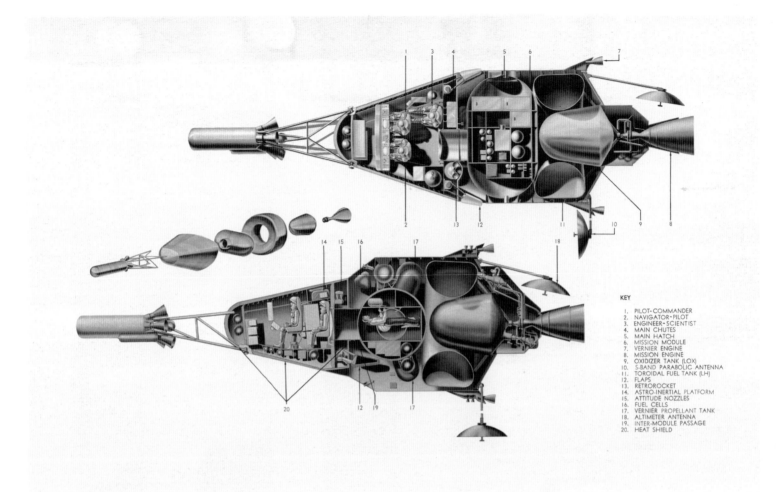

KEY
1. PILOT-COMMANDER
2. NAVIGATOR-PILOT
3. ENGINEER-SCIENTIST
4. MAIN CHUTES
5. MAIN HATCH
6. MISSION MODULE
7. VERNIER ENGINE
8. MISSION ENGINE
9. OXIDIZER TANK (LOX)
10. S-BAND PARABOLIC ANTENNA
11. TOROIDAL FUEL TANK (LH)
12. FLAPS
13. RETROROCKET
14. ASTRO-INERTIAL PLATFORM
15. ATTITUDE NOZZLES
16. FUEL CELLS
17. VERNIER PROPELLANT TANK
18. ALTIMETER ANTENNA
19. INTER-MODULE PASSAGE
20. HEAT SHIELD

한꺼번에 운반해야 하는 로켓의 무게는 엄청날 것이다. 또한, 이 괴물의 꼭대기에 앉아 있는 우주비행사가 착륙 지점을 창 너머로 볼 수 없으면 안전하게 조종할 방법을 알아내기도 쉽지 않았다. 비행사들은 잠망경과 후방 조준 영상 카메라를 사용해 우주선의 속도를 늦춰야 할 것이다. 결국 아폴로 로켓이 스키드 패드를 따라 측면으로 착륙하는 모습과 귀환하기 위해 비스듬한 각도로 우주로 발사되는 모습을 긍정적으로 평가하고 나서야, 직접 발사법이 종적을 감추었다.

대신 나사의 엔지니어 존 후볼트John Houbolt와 우주 산업 내부 동료 몇 명이 초경량 부품으로 만들어 로켓 커버 안쪽에 들어갈 별도의 착륙선을 구상했다. 승무원이 탈 메인 캡슐과 지구 귀환에 필요한 모든 연료 및 추진 시스템은 달 궤도에 남기고, 가벼운 착륙선만 타고 달 표면에 내려간다. 우주비행사들이 달 위를 걸어 다니며 얼마간 탐사하고

돌아오면, 드라이버로 직접 구멍을 뚫을 수 있을 만큼 가볍고 부서지기 쉬운 구조인 착륙선 위쪽 머리 부분을 착륙용 아랫부분과 분리해 이륙한 후, 달 궤도에 있던 귀환선과 랑데부한다. 달 궤도 랑데부Lunar Orbit Rendezvous(LOR)라 불리는 이 계획은 착륙선의 머리 부분에 탑승해 귀환선과 재결합해야 하는 극단적인 위험성과 더불어 건초더미에서 바늘 찾기보다 훨씬 더 정확한 항해 기술을 요구하는 작업이지만, 그와 별개로 현명한 아이디어였다.

케네디 대통령의 과학 고문들은 달 궤도 랑데부가 지나치게 위험하다고 우려했지만, 후볼트의 연구팀은 《콜리어스》에서 이상적으로 그린 것처럼 지구 근처에서든 달에서든 우주에서의 이착륙 활동은 달 궤도 랑데부와 비슷한 방식을 사용할 거라 주장했다. 그러니 그냥 시도해보면 어땠을까? 나사를 비판한 이 중에는 1962년 아폴로 달 탐사선 제작사로 선정되었던

선택받지 못한 아폴로 계획
1961년 마틴Martin사의 '모델 410' 아폴로 계획을 그린 희귀한 도표다. 당시 마틴사가 아닌 노스아메리칸사가 입찰에 성공했다.

착륙선 가까이
1962년, 록히드Lockheed사의 예술가 루드윅
지엠바와 그러먼사의 W. 콜로피가 함께
작업해 대형 창문과 전방 해치, 도킹 포트,
그리고 착륙 다리 장치 다섯 개가 있는
달 착륙선의 모습을 그려냈다. 그러먼사는
달 착륙선 제작 입찰에 성공했는데,
그러먼사가 내보인 달 착륙선의 궁극적인
모습은 이 초기 디자인을 기반으로 한다.

노스아메리칸사도 포함되어 있었다. 처음에 그들은 역사상 가장 위대한 우주선을 만들 위대한 창조자였는데, 그다음에 '단순히' 사령선 및 지원선 모듈Command and Service Module(CSM)로 알려진 모선mothership, 母船만을 제작하도록 할당받은 것이다. 논쟁에서 이긴 나사는 거미 모양의 달 착륙선Luna Module(LM)을 만들기 위해 또 다른 제작업체 그러먼Grumman사를 선택했다. 하지만 그러먼에서 만든 새로운 착륙선의 모습이 예술가들을 통해 처음 세상에 나왔을 때, 착륙선이 너무 특이하며 이해하기 어렵다고 생각한 사람들이 많았다. 초기 버전 착륙선은 메뚜기처럼 가느다란 착지용 다리에 커다랗고 휘어진 창문이 있는 부드러운 윤곽선을 가진 모습이었지만 무게를 대폭 감소하기 위해 디자인이 변형되었다. 창문은 작고 평평한 삼각형 모양이 되었고, 다리는 접을 수 있게 만들었으며, 둥근 윤곽의 우아한 선체는 다각형 표면으로 바뀌었다(오로지 우주 탐사만을 위해 설계된 착륙선에 세련된 디자인은 필요치 않았다).

오늘날 우리가 아는 아폴로호의 다양한 모듈과

발사체들이 1960년대 중반까지는 제대로 밝혀지지 않았다. 1969년 초, 그러먼사의 예술가 크레이그 카바페스Craig Kavafes가 그린 그림을 통해 사람들은 달 착륙선이 금과 은으로 된 이상한 존재일 거라는 사실을 알게 되었지만, 이전에 달 착륙선은 하얀 기계 위에 검은 표면이 여기저기 부착된 모습으로 자주 묘사되었다.

교육 도구로서의 제미니호

한편 아폴로 프로젝트에서 LOR 계획이 결정된 직후, 나사는 머큐리호보다 크게 업그레이드된 우주선 개발에 착수했다. 머큐리호 제작업체인 맥도넬더글라스사에서 설계한 2인승 우주선, 제미니Gemini호였다. 제미니는 인간 등급[3]인 미사일 타이탄Titan(missile) 위에서 발사될 예정이었다. 1960년대 초반에 아폴로 계획은 아직 서류 단계에 불과했고, 더 연구해야 할 것이 많았다. 사령선과 착륙선이 어떻게 우주 깊은 곳에서 서로를 발견하고 도킹할 수 있을까? 우주비행사들은 어떻게 몇 시간이 아닌 며칠 또는 몇 주 동안 지속되는 임무를 견딜 수 있을까? 우주비행사들은 어떻게

3   man-rated. 인간을 안전하게 수송할 수 있는 우주선이나 발사체를 말하며, '인간 등급 인증Human-rating certification'이라고도 한다.

최초의 진정한 우주선
1969년 초 크레이그 카바페스의 작품으로,
나사가 처음 '공개'한 아폴로 11호로 예정된
그러먼사의 달 착륙선 5호다. 그해 7월 비행
예정이었던 실제 달 착륙선은 받침대와
작업대에 가려져 민간인들이 보기 어려웠다.

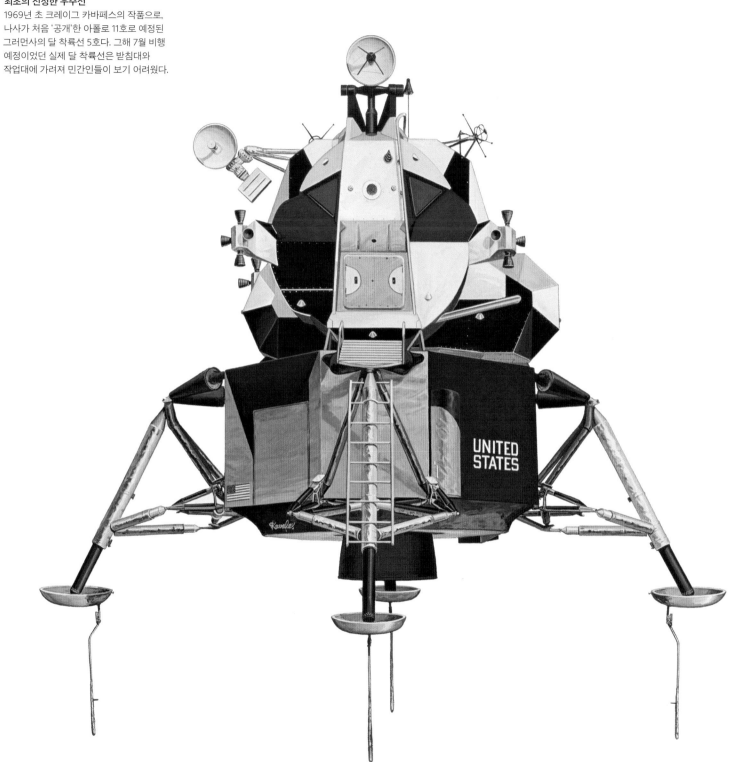

우주선 밖에서 모험하며 공기가 없는 무중력 공간에서 '걸을' 수 있을까? 그 모든 일을 수행하기 위해선 연습이 필요했다. 나사는 아폴로호가 만들어지기만을 기다리며 수수방관할 수 없었다. 임시 우주선이 필요했다.

2인승인 제미니호는 나사에서 가장 날렵한 우주선으로, 우주 유영(또는 발사 중 문제가 발생했을 때는 비상 탈출)을 할 수 있도록 갈매기 날개형 문과 복잡하게 배열된 추진기를 장착했다. 제미니호는 컴퓨터를 탑재한 최초의 유인 우주선이기도 하다. 레이더 유도 및 추진기를 사용해 궤도를 변경하고 다른 우주선과 랑데부할 수도 있다. 1965년 3월부터 1966년 11월 사이에 제미니 우주 비행이 10회나 진행되었고, 각각의 비행을 통해 나사 우주비행사들은 앞으로 있을 더 복잡한 달 탐사를 준비하는 데 도움을 얻었다.

제미니호의 주요 업적은 1965년 6월 제미니 4호 우주비행사 에드워드 화이트Edward White의 첫 우주 유영과 1966년 3월 우주선 두 대의 첫 도킹이었다. 닐 암스트롱Neil Armstrong이 데이비드 스콧David Scott과 부조종석에 앉아 제미니 8호 우주선의 지휘를 맡았다. 제미니 8호가 앞서 발사되고, 끈기 있게 제미니호를 기다리던 무인 로켓 아제나Agena호와 마주했다. 두 우주선의 도킹 후, 암스트롱은 결합한 우주선이 통제 불능 상태로 회전한다고 보고했다. 그는 제미니호를 아제나호 밖으로 뒤집었지만, 추진기가 '켜짐' 위치에 걸려서 회전이 가속되었다는 사실을 알아냈다. 암스트롱과 스콧은 제미니호를 다시 조종해 집으로 돌아올 준비를 했다. 1966년 6월 3일, 제미니 9호의 톰 스태포드Tom Stafford와 진 서난Gene Cernan이 이륙했으나, 목표물의 보호 발사 덮개가 제대로 벗겨지지 않아 도킹 링이 차단되었다. 제미니호 뒤편에서 가스통을 주우려고 했던 서난의 우주 작업도 계획대로 진행되지 않았다. 이를 통해 나사는 중대한 교훈을 얻었다. 우주비행사들이 우주선 밖에서 일하려면 손잡이와 발 받침대가 수없이 많이 필요하다는 점이었다.

1966년 7월 18일, 존 영John Young과 마이클 콜린스Michael Collins는 제미니 10호를 다른 아제나호와 도킹하는 데 성공했고, 제미니의 엔진을 사용해 지구 상공 약 758킬로미터까지 궤도를 끌어올렸다. 콜린스는 역사상 최초로 같은 임무 동안 두 번이나 우주 유영을 한 우주비행사가 되었다. 두 달 후, 제미니 11호가 피트 콘래드Pete Conrad, 데이브 고든Dave Gordon과 함께 아제나호와 도킹해 약 1,287킬로미터 상공의 궤도까지 올라갔다. 1966년 11월 11일에는 짐 러벨Jim Lovell과 버즈 올드린Buzz Aldrin이 제미니 12호에 올랐고, 올드린은

다섯 시간 동안 우주를 유영했다. 이렇게 제미니는 아폴로 프로젝트에 필요한 모든 기술을 개척해냈다.

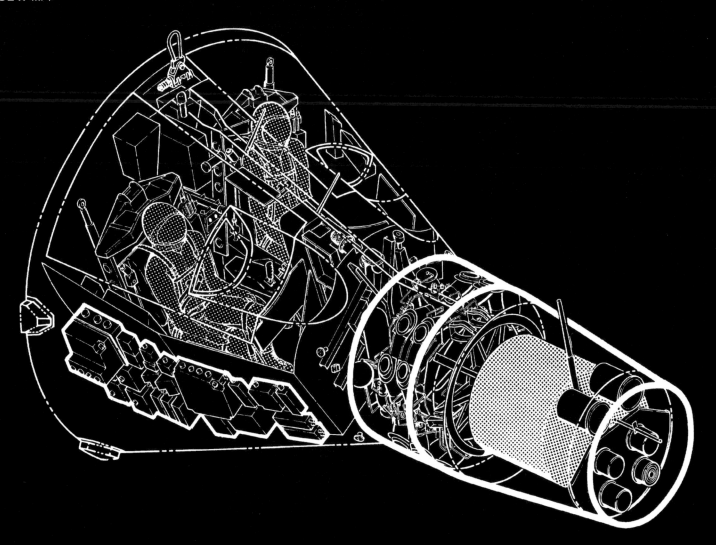

지상 근무자의 임무
1965년 에어로젯제너럴Aerojet-General사의 예술가 조지 마티스George Mathis가 제미니 우주선에 타이탄 2호 발사체를 장착하기 위해 직원들이 일하는 모습을 그린 것이다. 에어로젯은 타이탄의 1단 엔진을 만들었다. 우주비행사 두 명이 로켓 밑에 있는 플랫폼에서 관찰하는 모습이 특징이다. 나사의 제미니 6호 보도자료에 이 그림의 복제품이 들어 있다.

그림 그리는 구경꾼
폴 칼레는 나사 시설에 접근하도록
허가받은 저명한 예술가 중 한 명이었다.
맥도넬더글라스사 기술자들이 발사대
꼭대기에 있는 '무균실white room'에서
제미니호를 최종 점검하는 모습을 직접
연필로 그린 작품이다.

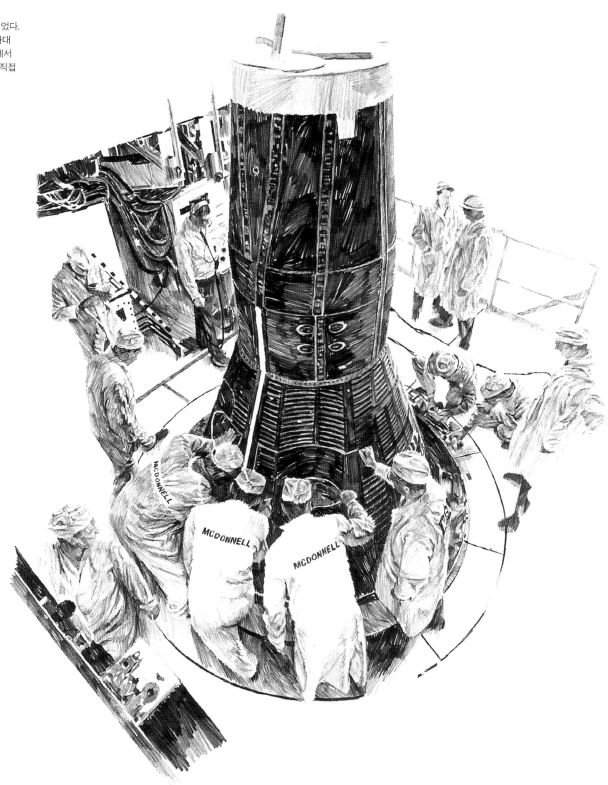

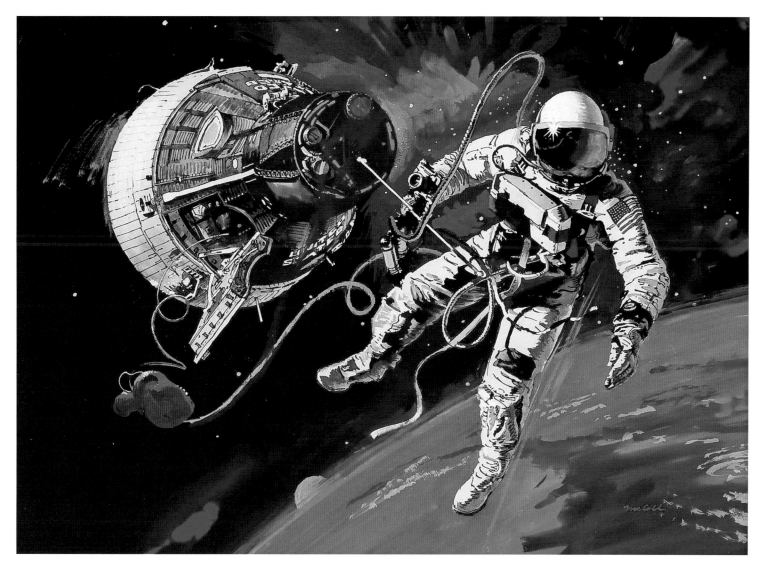

운 나쁜 배낭
1960년대 초부터 1992년까지
《로스앤젤레스 타임스》의 예술감독이었던
루스 아라스미스는 300개 이상의 뉴스
매체에서 그의 그림을 동시에 사용할 만큼
인정받는 예술가다. 나사는 시각화해 기록할
만한 사건을 그에게 의뢰했는데, 대부분이
실제로 일어난 일이었지만, 이 작품은
아니다. 1966년 제미니 9호가 우주에 있는
동안 우주비행사가 유영 보조 장치Astronaut
Maneuvering Unit(AMU)를 들고 나갔는데,
승무원 유진 서난이 문제에 부딪혀 보조
장치를 '놓쳐버린' 모습이다.

미국 '최초'
로버트 맥콜은 20세기 중반에 가장 유명한
우주 항공 예술가 중 한 명이었다. 에드워드
화이트의 역사적인 우주 유영을 그린
이 그림은 우주비행사 제임스 맥디빗이
1965년 6월 제미니 4호 임무 중에 찍은
사진을 빌려 그린 것이다.

NASA-S-65-893

모든 것이 제자리에 있다
나사가 널리 배포한 제미니호의 모습을
통해, 흰색 선체 모듈 내의 추진제 탱크와
승무원실에 앉아 있는 우주비행사, 제어
추진기, 우주선 코 부분의 낙하산 컨테이너가
드러났다.

궤도 위에 걸기
1963년, 벨에어로시스템즈사의 예술가
존 J. 카John J. Carr가 제미니호와
아제나호의 랑데부와 도킹을 묘사했다.
두 우주선의 궤도 경로가 배경에 그려져 있다.
벨사가 만든 추진기가 녹색으로 표시되어
있다.

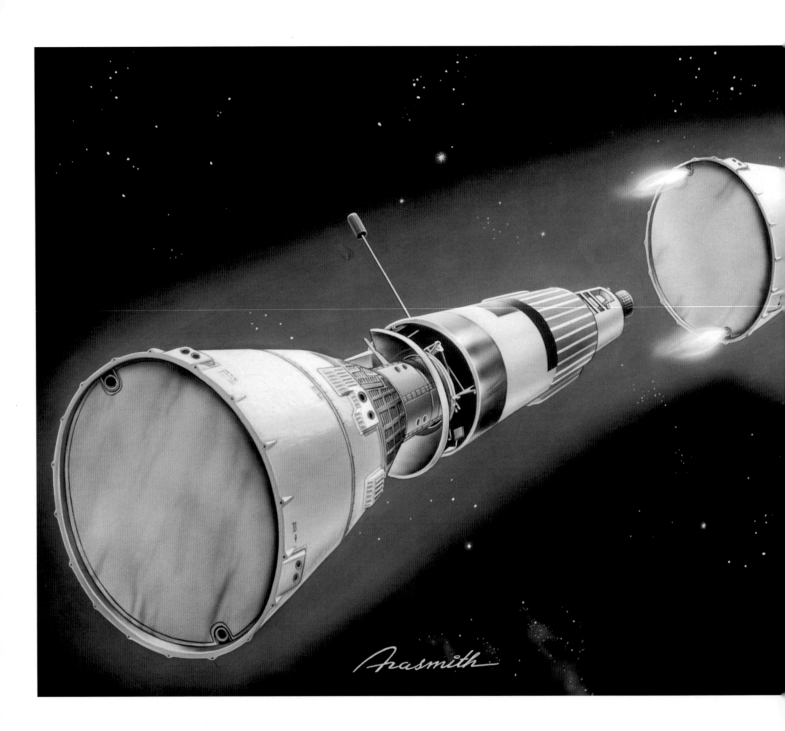

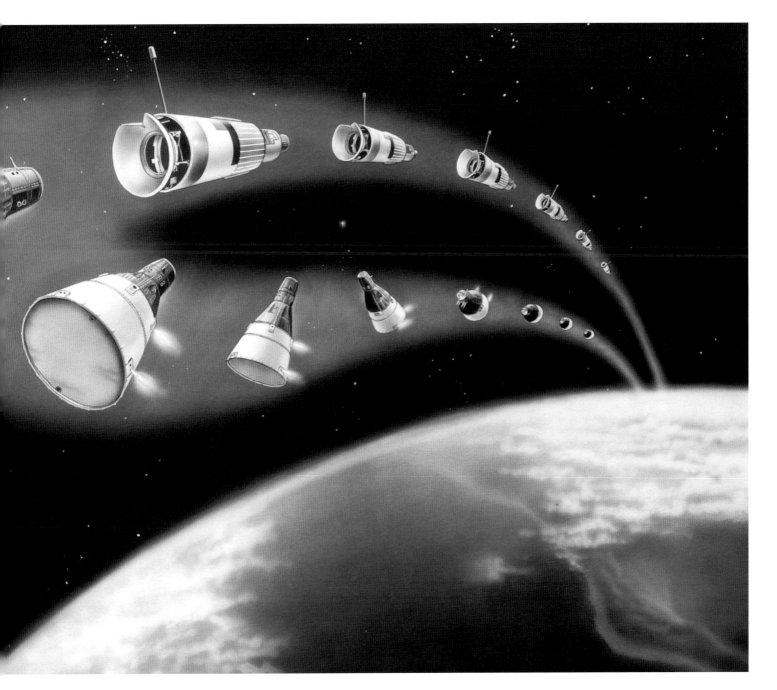

달을 위한 리허설 1
루스 아라스미스의 작품으로, 아폴로 달
탐사를 위한 필수 연습 과정인 제미니호와
아제나호의 추적과 도킹 모습을 그린 것이다.

달을 위한 리허설 2
제미니 임무에 필요한 재진입 단계의 정확한
피치와 롤, 요 컨트롤이 강조 표시되어 있다.
미세한 조정은 우주선을 적절한 방향으로
조종하게 해준다.

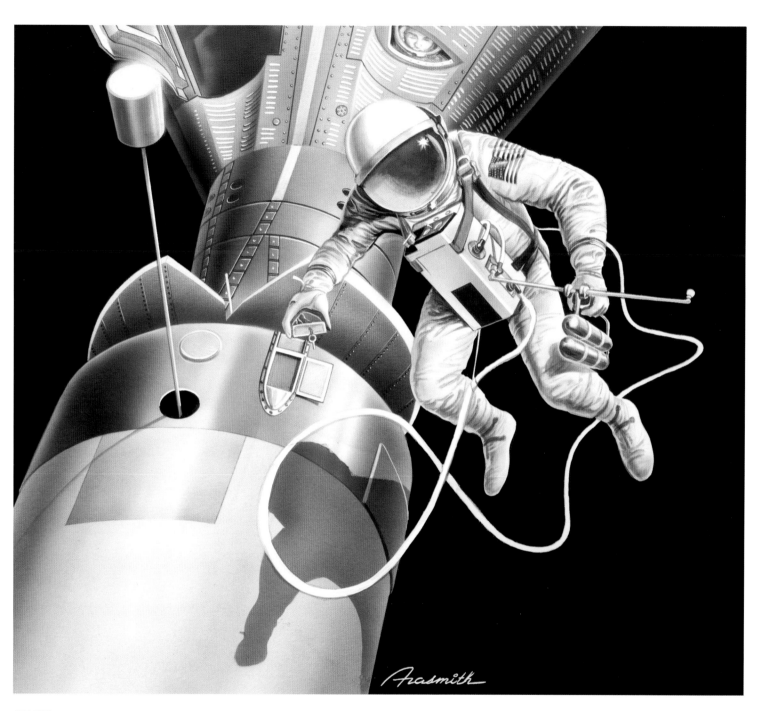

실무 작업
루스 아라스미스가 우주 유영 중인 제미니호
우주인의 모습을 해석해 그린 그림이다.
한 손에는 조종용 가스총을, 다른 한 손에는
아제나 우주선 외벽에서 추출한 샘플을
들었다. 임무 지휘관이 정박 중인 제미니의
창문을 통해 그를 지켜본다.

2 거대한 도약
아폴로 프로젝트의 항해

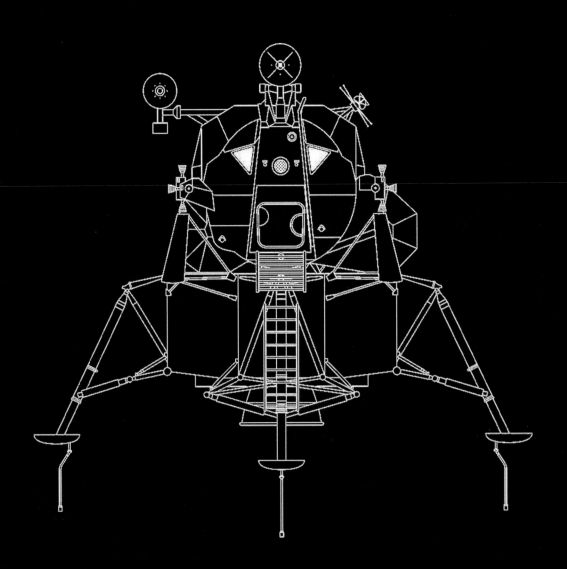

1972년, 저명한 미래학자 아서 C. 클라크Arthur C. Clarke는 이렇게 말했다. "먼 미래 사람들이 미국, 조상들이 살았던 세상, 또는 먼 행성 지구를 떠올릴 때 오직 아폴로만을 기억하는 시대가 올지도 모른다."

두 명을 한꺼번에 찍을 수 없다
1970년 4월, 아폴로 13호 임무를 위해
제작되었으며 아폴로 14호 임무에 앞서
재발행된 로버트 와츠Robert Watts의
그림이다. 임무 수행하는 우주비행사들을
그린 것인데, 우리가 결코 볼 수 없는 모습을
보여준다. 바로 같은 장면 속에 두 사람이
함께 있는 모습이다.

2 거대한 도약

아폴로 프로젝트에 관한 자료는 방대하지만, 이 책에서는 중요한 날짜 두 개만 언급하고자 한다. 우리는 달을 향한 도전이 그 유명한 아폴로 11호의 달 착륙 이전부터 시작되었다는 사실을 간혹 잊어버린다. 1968년 12월 21일 아침, 프랭크 보먼Frank Borman의 지휘하에 아폴로 8호가 이륙했다. 짐 러벨(이후에 아폴로 13호 사건으로 유명해짐)과 빌 앤더스Bill Anders도 함께였다. 아폴로 8호는 지구를 벗어나 다른 세계로 여행한 최초의 유인 우주선이었다. 프랭크 보먼은 크리스마스 당일에 성경 구절을 읽었으며 거의 모든 텔레비전과 라디오에서 그 목소리를 방송으로 내보냈다. 무신론자가 듣기에 달가운 내용은 아니었지만, 마틴 루터 킹과 케네디 대통령의 암살,

인권 시위, 소련의 프라하 침공, 학생 폭동, 끝이 보이지 않는 베트남 전쟁 등으로 시달린 미국 시민 대부분은 그 힘겨웠던 한 해의 끝에 이룬 아폴로 8호의 성공을 기뻐했다.

아폴로 8호는 나사의 기대보다 더 귀중한 것을 지구로 가져왔다. 생명 없는 달의 지평선 위로 떠오르는 지구의 모습을 담은 사진이었다. 모든 주요 신문과 잡지에 지구 사진이 실렸고, 우리는 이 세계가 얼마나 외롭고 연약한지를 이해하기 시작했다. 이후에 빌 앤더스는 이렇게 말했다. "우리는 달을 탐사하러 갔지만, 우리가 발견한 가장 중요한 것은 지구였습니다."

1969년 7월 20일은 우리 모두가 기억하는 날이다. 아폴로 11호를 제어하던 컴퓨터 시스템이 우주선을

분리
이 나사의 그림은 1968년 12월, 역사상
첫 유인 우주선인 아폴로 8호가 달 궤도를
향해 속도를 올리면서 사용이 끝난 S-IVB
로켓을 분리하는 모습이다.

4 미국 텍사스주에 있는 도시명이자, 우주
   비행 지상관제소 소재지 및 관제소를
   부르는 약칭이다.

바위가 많은 지역에 내려놓겠다고 알리자, 우주비행사
닐 암스트롱과 버즈 올드린이 달 착륙선 이글Eagle을
안전하게 착륙시키기 위해 수 초간 다급한 심정으로
달 표면을 고통스럽게 맴돌 때였다. 설상가상으로 우주선의
과부하를 경고하는 경보 시스템이 여기저기서 울려댔다.
물론 안전하게 착륙했지만 말이다.

우리는 닐이 달 위에서 보내온 첫 마디를 기억한다.
"휴스턴[4], 여기는 고요의 기지Tranquility Base. 이글이 지금
막 착륙했다." 그의 말에 지상관제소에서는 이렇게 답했다.
"확인했다. 여기는 여러 사람이 새파랗게 질려서 숨넘어갈
뻔했다. 이제 다시 숨 쉰다." 이글이 완전히 멈추고 나서야,
관제소에서는 착륙선 탱크에 남은 추진체 양이 오직 20초
분량뿐임을 확인했다.

아폴로 11호 이후 여섯 번의 달 탐사 임무가 추진되었다.
그중 1970년 4월에 발사된 아폴로 13호만이 기내 폭발

사고로 달에 착륙하지 못했으나, 귀환 임무만으로도 극적인
드라마를 만들어냈다. 1972년 12월, 아폴로 계획의 마지막
주자인 아폴로 17호가 달 착륙에 성공했다. 그러나 우리는
반세기가 지난 지금까지도 아폴로 계획이 남긴 유산이
무엇일까 궁금해한다.

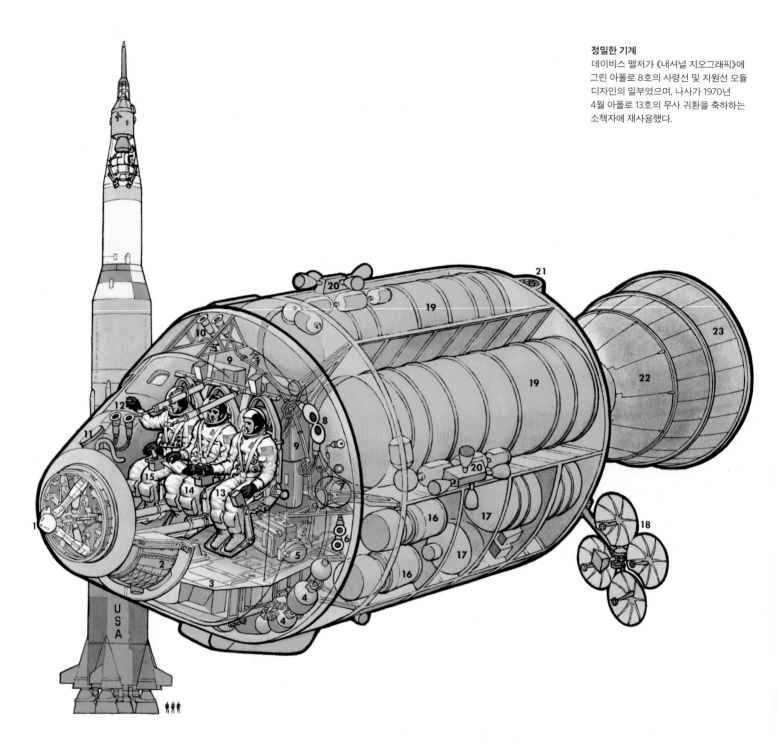

정밀한 기계
데이비스 멜처가《내셔널 지오그래픽》에
그린 아폴로 8호의 사령선 및 지원선 모듈
디자인의 일부였으며, 나사가 1970년
4월 아폴로 13호의 무사 귀환을 축하하는
소책자에 재사용했다.

아폴로에서 잃어버린 장면
게리 마이어의 그림으로, 1960년대 중반
우주비행사들이 사령관 착륙선에 들어가기
전 모습. 마이어는 아폴로호 제작사인
노스아메리칸사와 나사를 위해 수많은
그림을 그렸지만, 오늘날 그 원본은 찾기
어렵다.

달 궤도에서 재결합
아폴로 12호 사령선 조종사 리처드 고든Richard Gordon이 달 표면 탐사를 마치고 돌아온 앨런 빈Alan Bean과 피트 콘래드가 탄 달 착륙선 인트리피드Intrepid와 도킹하기 위해 사령선 양키 클리퍼Yankee Clipper를 조종 중이다. 창문을 통해 보이는 이미지는 아폴로 계획 차기 임무 보도자료를 위해 변경되었다.

인공위성을 내보내는 중
아폴로 16호 사령선 캐스퍼Casper에 앉아
있는 우주비행사들의 모습. 창밖으로 보이는
인공위성, '입자장 손자위성Particles and
Fields Subsatellite'을 발사한 직후다.
1968년 스미스소니언 연구소의 〈우주탐사:
존 데사토프의 그림들Exploring Space:
Paintings by John Desatoff〉이라는 제목의
전시회에서 이 화가가 그린 유사한 작품들이
전시되었다.

달을 향해 속도를 늦추다
1962년에 루드윅 지엠바와 W. 콜로피가
공동으로 그린 작품으로, 달 궤도에 진입하기
위해 제동 중인 아폴로 우주선의 모습이다.

착륙 준비
1960년대 초에 지엠바와 콜로피가
공동 작업한 또 다른 작품. 달 착륙선이
사령관에서 분리되어 달에 내려갈 준비를
하고 있다.

눈부신 성공
존 데사토프John Desatoff가 아폴로 11호의
달 착륙선 이글이 달에 착륙하는 장면을
세밀하게 포착했다. 하강 엔진의 노즐이
배기가스의 강렬한 열 때문에 빨간색으로
빛난다.

명백한 상징
1969년 달의 토양에 인간의 첫 발자국이
찍히기 직전은 우주 예술 작품에 가장 많이
재현된 장면 중 하나다. 이 그림은 크레이그
카바페스가 그러먼사와 나사를 위해 그렸다.

나사의 가장 위대한 순간?
로버트 맥콜이 1970년에 그린 〈달의
첫 인간First Men on the Moon〉은 나사의
존슨우주기지에 수년간 전시되었다가
존슨우주기지의 고향인 텍사스주에 개인
소장품으로 옮겨졌다.

여러 겹으로 둘러싸인 달 탐험가
폴 칼레가 공개한 A7L 우주복을 입은 달 위의
아폴로호 비행사. 여러 겹으로 된 우주복을
입은 기술자들이 찍힌 사진들을 보고 탄생한
그림이다.

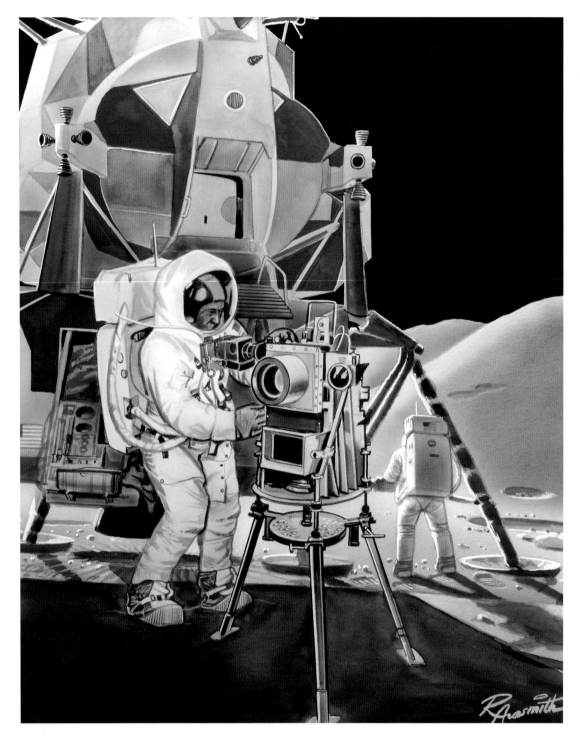

달 위에서의 실험
왼쪽은 아폴로 16호의 사령관 존 영이
달 착륙선 오리온Orion (LM)의 그림자에
원자외선 카메라/스펙트로미터를 설치하는
모습, 오른쪽은 피트 콘래드와 앨런
빈이 아폴로 12호 임무에서 달 표면 실험
패키지Apollo Lunar Surface Experiments
Package(ALSEP)를 배치하는 모습이다.

로봇계의 선구자
1969년 아폴로 12호의 피트 콘래드와 앨런
빈이 1967년 달에 착륙했던 무인 로봇
탐사선 서베이어Surveyor 3호와 조우하는
모습을 그린 로버트 와츠의 작품이다.
우주비행사들은 텔레비전 카메라를 회수해서
집으로 가져왔다.

현실적이지 않은 장면
실제로는 안전상의 문제로 아폴로 12호의 달 착륙선이 서베이어호와 너무 가깝게 착륙하는 것을 금지했기 때문에, 루스 아라스미스의 그림에서는 어느 정도 예술적인 허용을 참작해야 한다.

우주 최초의 자동차
왼쪽 그림은 1971년에 로버트 와츠가 아폴로 15호의 임무 전에 그린 것으로, 보잉사가 제작한 월면차에 사령관 데이비드 스콧(왼쪽 좌석)과 달 착륙선 조종사 제임스 어윈James Irwin이 탔다. 아래 그림은 같은 해에 데이비스 멜처가 《내셔널 지오그래픽》을 위해 월면차를 상세하게 묘사한 작품이다.

이륙의 세 장면
왼쪽은 달 착륙선이 이륙하는 모습을 보는 루스 아라스미스의 시선이다. 아폴로 15호와 16호 임무 당시 월면차의 컬러텔레비전 카메라로 이 순간을 부분적으로 촬영했으며, 아폴로 17호에서는 그 모습을 완전히 포착했다. 위쪽 1964년 칼 조슈케 판은 같은 장면이지만 달을 실제보다 더 화려하게 묘사했다. 피에르 미옹이 그린 오른쪽 《내셔널 지오그래픽》의 그림은 현실에 더 가까운 모습이다.

착륙선 시험
1969년 3월 아폴로 9호의 리허설
비행 중, 사령선 검드롭Gumdrop과
달 착륙선 스파이더Spider가 다시
도킹할 준비를 하고 있다. 달 착륙선의
첫 번째 유인 비행이었다.

귀환의 두 장면
왼쪽은 1960년대 초에 예술가 A. 사포리토
A. Sporito와 W. 콜로피가 사령선과
재결합하기 위해 달에서 올라오는
달 착륙선의 모습을 해석한 그림이다.
오른쪽의 데이비스 멜처가 그린 작품에는
1965년 아폴로 우주선의 재결합 장면이
더욱 자세히 묘사되어 있다.

고공 댄스
지구로 귀환하기 위한 달 착륙선과 사령선의
중대한 랑데부가 삭막한 달 풍경 위 높은
곳에서 이루어진다. 이 장면은 로버트
맥콜의 〈아폴로 스토리Apollo Story〉 석판
시리즈의 하나로, 1973년 뉴멕시코대학교의
예술대학을 위해 만들어졌으며, 맥콜 가족이
나사에 기증했다.

탈출
1968년, 나사의 이름 모를 예술가가 그린
이 작품은 그해 12월에 달의 뒷면에서 아폴로
8호가 엔진 가속 중인 모습을 묘사한다.
귀환하는 데 필수적인 운행 단계다.

깊은 우주에서의 '워킹'
왼쪽은 피에르 미옹의 1971년 그림. 아폴로
15호 달 착륙선 조종사 제임스 어윈이 아폴로
15호 지원선에서 달 지도 필름을 회수하는
사령선 조종사 알프레드 워든Alfred Worden을
지켜본다. 위쪽은 신원 확인이 어려운 나사의
다른 예술가가 그렸다. 다른 관점에서 본
같은 장면이다.

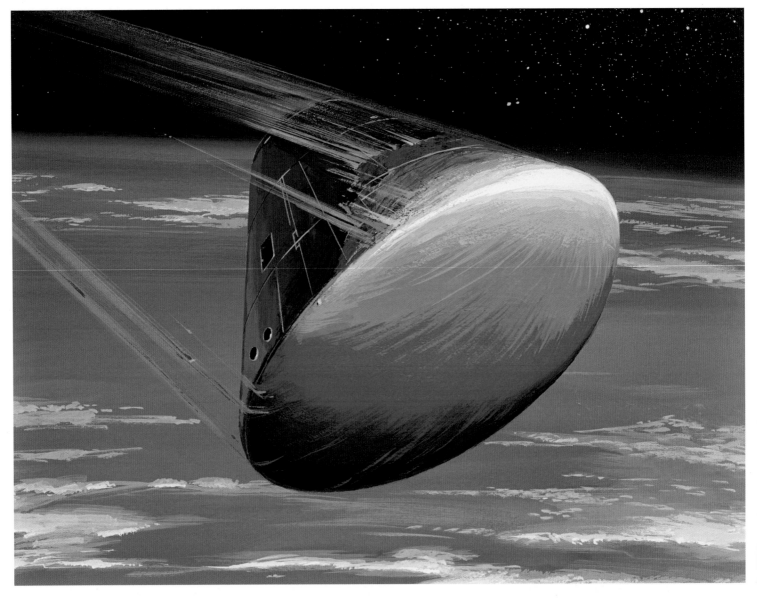

한 번에 성공
1966년에 나사의 신원 미상 예술가가 그린 고전적인 이미지로, 달 탐사 임무를 마치고 귀환하기 위해 지구 대기권으로 진입하는 아폴로 사령선의 모습이다.

드디어 끝
모두가 안도의 한숨을 내쉰 순간이다.
부드럽게 펼쳐진 아폴로 사령선의 낙하산이
비행사의 안전을 확보했다. 게리 마이어가
묘사한 착수 장면이다.

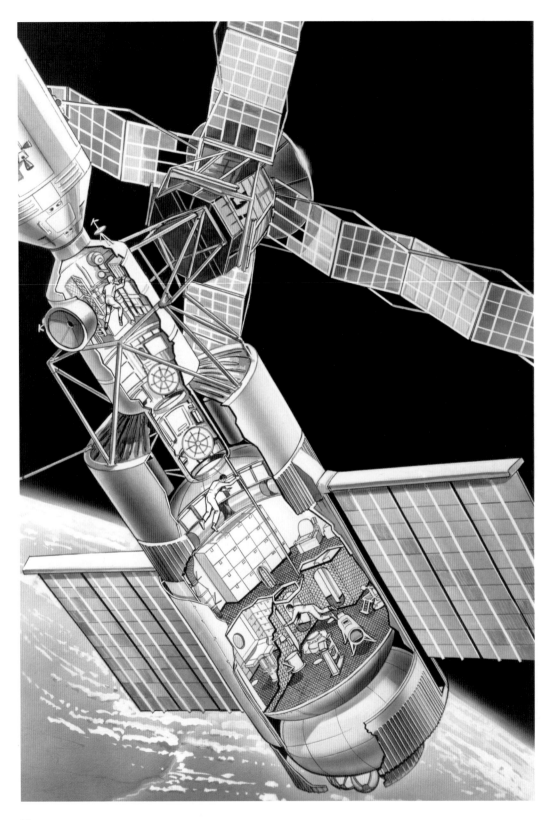

1970년대 초에 루스 아라스미스가 그린 미국 최초의 우주정거장 스카이랩 작업실의 절개 도면이다. 이 작업실은 달 착륙 임무를 완료한 나사가 이제 그 목표를 넘어서야 한다는 압박과 예산상의 제약으로 아폴로 18호와 19호, 20호의 달 착륙 계획을 취소하는 바람에 사용할 수 있게 된 새턴 V 로켓의 '잔여' 구조물로 만들어졌다.

스카이랩과 아폴로-소유스

달 착륙 임무가 성공한 후, 나사는 아폴로 응용 계획Apollo Applications Program이라는 프로젝트를 시행하고자 했다. 새턴 V 로켓의 엄청난 힘을 사용해 우주정거장 등의 매우 큰 발사체를 지구 궤도로 발사하는 계획이었다. 그러나 예산 삭감으로 계획을 축소해야 했고, 그중 단 한 프로젝트만 살아남았다. 바로 미국 최초 우주정거장, 스카이랩 궤도 작업실Skylab Orbital Workshop(이하 스카이랩) 발사 계획이었다. 1973년에 발사된 스카이랩은 현재까지 단일 로켓으로 쏘아 올린 우주정거장 중 규모가 가장 큰 정거장으로 기록된다. 스카이랩의 장점은 경제적이라는 것이었다. 1969년에 새로운 우주 계획으로 공식 승인되기 전에 이미 절반가량 만들어져 있었기 때문이다. 3단 로켓인 새턴 V 로켓 세 번째 단계의 구조를 개조해 스카이랩의 본체로 사용했다. 이 세 번째 단계는 보통 아폴로 우주선이 지구 궤도를 벗어나 달로 이동할 때 필요한 연료를 보관하는 곳이었다. 그러나 로켓이 지구 궤도에 머문다면 달까지 가기 위한 추진제와 연료가 필요 없으므로, 나사는 무게가 적게 나가는 바닥재와 칸막이를 활용해 그 텅 빈 연료탱크 공간을 작업실로 만들 수 있게 된 것이다.

아폴로 18호와 19호, 20호의 달 착륙 임무는 취소되었다. 미국 대중들이 달 착륙 임무가 더는 필요하지 않다고 느낀 데다, 정치적으로도 우주 계획이 아닌 다른 문제를 더 중요하게 다뤘기 때문이다. 하지만 이미 달 착륙 임무용 장비 대부분을 준비한 상태였다. 새턴 V 로켓과 우주비행사들을 태울 아폴로 사령선 및 지원선(CSM) 세 대가 대기 중이었다. 그 덕분에 36개월 만에 스카이랩을 완성했으며, 1973년 5월 14일, 새턴 V 로켓으로 이 우주정거장을 발사했다.

발사는 완벽해 보였다. 스카이랩은 약 435킬로미터의 고도에서 지구를 돌며 궤도 위로 정확하게 올라갔다. 그러나 나중에 확인해보니 스카이랩 외벽 차폐판이 비행 중 심하게 손상되어 있었다. 태양 전지판 두 개 중 하나는 발사 지점에 끼어서 접혀 있고, 두 번째 전지판은 어깨부터 뜯어져 나간 새의 날개처럼 찢어졌으며, 전기 시스템도 완전히 망가져 있었다. 우주인들을 별도의 소형 로켓(새턴 1B)에 태워 우주정거장까지 보내려는 계획은 나사가 다음 조치를 마련할 때까지 열흘 동안 연기할 수밖에 없었다. 우주비행사 조 커윈Joe Kerwin과 폴 와이츠Paul Weitz는 그들의 사령관 피트 콘래드와 함께 비상 우주 유영을 위한 훈련을 시작했고, 정거장 실물 크기의 모형을 사용해 거대한 물탱크 안에서 스카이랩을 수리하는 연습을 했다. 그리고 1973년 5월

25일, 콘래드와 비행사들이 스카이랩에 도킹했다. 우주 유영 대장정을 시작한 그들은 살아남은 태양 전지판을 풀어 제대로 펼쳐지게 한 다음, 우주정거장 작업실을 태양열에서 보호하기 위해 금속 포일로 된 차양을 설치했다. 단단히 접은 차양을 사령선의 에어락으로 밀어내어 펼친 다음, 얇은 끈을 이용해 정거장에 묶어야 했다. 스카이랩을 재난으로부터 극적으로 구해낸 콘래드와 두 비행사는 신문의 머리기사를 장식했다. 이후 우주비행사 두 명이 정거장에 추가로 탑승해 집중적인 의학 실험을 진행했으며, 특별히 설계된 스카이랩 태양 관측기로 태양을 자세히 연구했다.

실로 대단한 로켓인 새턴 V는 달까지 우주선을 던지고 우주정거장을 지구 궤도로 보내는 엄청난 힘을 가졌지만, 치명적인 아킬레스건도 있었다. 딱 한 번만 발사하고 버려야 한다는 점이었다. 마지막 아폴로 우주선은 1975년 7월 15일 새턴 V 로켓의 사촌 격인 새턴 1B 로켓으로 발사되었다. 소련 우주선 소유스와 평화적으로 궤도 위에서 연결되는, 역사상 최초의 국제적 유인 협력 임무를 수행하고자 톰 스태포드와 데크 슬레이튼Deke Slayton, 밴스 브랜드Vance Brand가 지구 궤도로 날아갔다. 소유스 우주선에는 최초로 우주를 유영한 러시아 우주인 알렉세이 레오노프Alexei Leonov와 동료 비행사 발레리 쿠바쇼프Valeri Kubasov가 탑승했다. 아폴로-소유스 시험 계획Apollo-Soyuz Test Project(ASTP)으로 알려진 이 공동 임무는 1972년 리처드 닉슨 대통령이 실각하기 직전에 승인한 것으로, 더 큰 규모의 국제 궤도 협력 임무를 이끄는 좋은 선구자 역할을 했다. 그와 동시에 아폴로-새턴 시대의 끝을 알렸다.

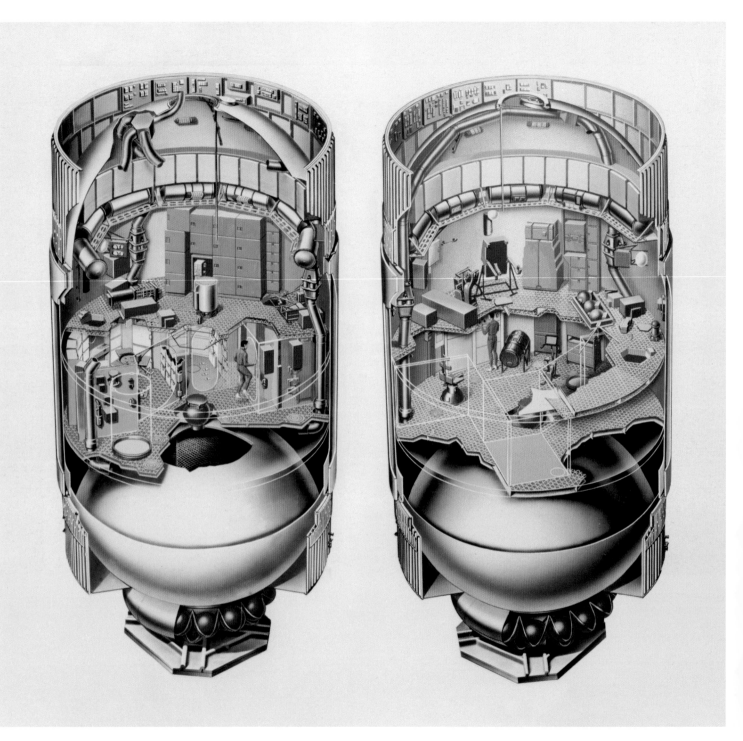

생활을 위한 기계
1973년 스카이랩 내부 배치도. 아래층 밑에
있는 큰 탱크는 폐기물용이다. 이 부분의
비행 준비용 복제품은 워싱턴 D.C.의
항공우주박물관에 전시되어 있다.

엔지니어이자 예술가
마틴마리에타Martin Marietta사는 스카이랩
작업에 참여한 계약사 중 하나였다.
이 회사의 엔지니어 찰스 베넷Charles
Bennett은 그림에도 재능이 있었다.
이것은 1972년에 그가 그린 임무 전
스카이랩 상상도다.

평화적인 만남
경쟁 관계였던 나사와 러시아 간의 첫 번째
협력 계획인 아폴로-소유스 시험 계획이
1975년 7월에 시행되었다. 이 작품은 그 해
폴 펠드가 그렸다. 펠드는 공식 임무 패치
디자인에서부터 뉴욕 롱아일랜드에 있는
크래들오브항공박물관Cradle of Aviation
Museum에서 보관 중인 발사되지 않은
달 착륙선의 보존에 이르기까지 다양한
일을 했다.

오해의 소지를 없애다
데이비스 멜처의 1975년 그림으로 아폴로와
소유스 우주선의 두 승무원, 톰 스태포드와
알렉세이 레오노프 두 사령관이 악수하며
우주에서 처음으로 인사를 나누는 순간을
묘사했다. 소련인들이 화살 모양인 아폴로
우주선에 그들의 우주선이 '관통'당한 것처럼
느끼지 않도록, 도킹 모듈에 양성성을
의미하는 '앤드로지너스androgynous'
장치를 달았다.

우주 외교

과거의 노스아메리칸사를 흡수한
로크웰인터내셔널Rockwell International사의
버트 윈스롭Bert Winthrop이 아폴로-소유스
시험 계획의 상징적인 그림을 맡았다.
카자흐스탄 바이코누르우주기지Baikonur
Cosmodrome에서 발사된 소유스호의 이륙
장면과 아폴로호를 실은 나사의 새턴 1B
로켓의 모습도 함께 있다.

이상적인 평화
로버트 맥콜이 그린 그림. 두 우주선이
연결되는 모습을 통해 냉전적 긴장이
지속되던 당시의 정치적 낙관론을 담아냈다.

3 하늘 위의 섬들
지구 궤도 세상에서 살기

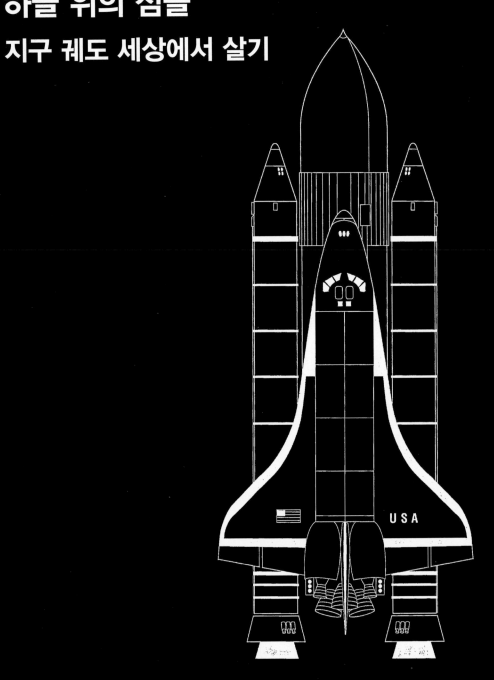

첫 달 착륙 시대가 막바지에 이르자, 우주 임무 기획자들은 새턴 V를 폐기하고 정기적으로 우주에 보낼 수 있는 더 저렴하고 재사용 가능한 발사 시스템을 수소문했다.

우주왕복선 시대를 향해
데이비스 멜처의 〈우주정거장A Space Station〉은
《내셔널 지오그래픽》의 의뢰로 제작되어 1970년
8월호에 실렸다. 이런 종류의 그림은 날개가 장착된
우주왕복선이 개발되면 궤도 위에서 어떤 생활을
하게 될지를 보여주는 새로운 기준이 되었다.

3 하늘 위의 섬들

아폴로 임무가 끝나기도 전에, 나사는 실험용 로켓 항공기 X-15와 발사 시스템 프로그램 자료를 모두 새로이 조사했고, 우주왕복선으로 알려진 세계 최초의 재사용 가능 우주선을 개발하기 시작했다. 1981년 4월 12일, 나사는 아폴로호의 베테랑 조종사 존 영과 밥 크리펜Bob Crippen이 함께 조종하는 우주왕복선 컬럼비아Columbia호를 발사했다. 이후 30년간 우주에서 거둬낸 미국의 수많은 성공은 우주왕복선의 다중 발사 능력 덕분이었다. 최대 일곱 명까지 수용할 수 있고 약 18미터 길이의 화물칸도 갖춰 사람과 화물 운송에 모두 적합했다.

나사는 30년간 우주왕복선 프로그램을 진행하면서 한때 과학 소설 속 꿈에 불과했던 133개의 임무를 성공적으로 수행하는 놀라운 성과를 이루었다. 그러나 이 우주왕복선 이야기에는 두 가지 비극도 들어 있다. 1986년 1월, 챌린저Challenger호가 발사 후 2분도 채 되지 않아 폭발해 비행사 일곱 명 전원이 사망하는 사건이 발생했다. 2003년 2월에는 챌린저호의 자매선인 컬럼비아호가 지구로 돌아오는 과정에서 분해되어 선원들이 실종되었다. 우주선 발사 직후, 서류 가방 크기의 절연 조각이 거대한 외부 연료 탱크에서 벗겨져 나가 우주선 왼쪽 날개에 부딪히면서 작지만 매우 치명적인 구멍을 만들어냈다. 임무가 매끄럽게 진행되었기에 아무도 그 문제를 제대로 파악하지 못했다. 그러나 2주 후, 컬럼비아호가 임무를 마치고 돌아오며 대기를 뚫고 돌진하는 과정에서 그 구멍으로 침입한 뜨거운 가스가 우주선을 파괴했다. 나사의 관리자들이 운영 과정에서 심각한 결함을 우려하는 내부 경고에 주의를 기울였더라면 이 두 차례의 재난을 피할 수 있었을지도 모른다. 우주 임무 관리자들과 대중은 수소와 산소, 과염소산

우주로 피기백 라이드[5]
수많은 우주왕복선 아이디어 중 하나로,
재사용할 수 있는 귀환 비행 구조물을
갖춘 것이다. 정치 기득권층의 변덕 때문에
우주정거장에 관한 나사의 계획은 계속해서
변경되었다.

5   Piggy-back ride. 한 차량 위에 다른
    차량을 실어서 운송하는 방식.

델타의 꿈
완전히 재사용 가능하며 인간이 조종할 수
있는 이 우아한 모습의 날개형 우주왕복선은
나사가 개발하기엔 비용이 너무 많이 드는
아이디어였다.

엔진 추가
실현하지 못한 또 다른 아이디어로, 착륙
지점을 선택할 때 그 자율성을 높이기 위해
우주왕복선의 날개에 소형 제트 엔진을
탑재한 모습이다.

암모늄의 강렬한 폭발로 힘을 얻는 로켓 발사 시스템이 매우
잘 정착했으므로, 그 중요성은 더 언급할 필요가 없다고
생각하는 경향이 있다. 하지만 우주왕복선에 관한 이야기를
하며 우리가 겪은 비극을 가볍게 볼 수는 없다. 왕복선
프로그램이 진행되는 동안 우주비행사 열네 명을 잃었다.
그러나 다른 중요한 사실 한 가지를 언급하지 않을 수 없다.
2011년에 은퇴하기 전까지 30년 동안 두세 달에 한 번꼴로
비행한 우주왕복선 덕분에 미국이 우주 탐사의 선두 주자가
될 수 있었다는 것이다.

우주왕복선은 유럽 우주실험실European Spacelab과의
공동 과학 임무, 러시아의 미르Mir 우주정거장과의 연결
도킹 및 수십 차례의 궤도 위 비행 임무를 성공시켰다.
이 우주함대는 군사와 정부, 상업적 고객을 위해 인공위성
50개 이상을 궤도 위에 배치했고, 태양을 연구하기 위해
마젤란-금성, 갈릴레오-목성과 율리시스 등 행성 간
우주선 세 대를 발사시켰다. 또한 허블 우주 망원경Hubble
Space Telescope과 감마선 관측소, 확산 엑스선 분광기,
찬드라 엑스선 관측소를 포함한 주요 천문 관측소를

발사했다. 왕복선은 화물 약 159킬로그램 이상을 지구
궤도로 운반했고, 비행 좌석 833석을 채웠으며, 우주
비행 누적 시간 약 20만 시간을 기록했다. 그리고
당연하게도, 세계에서 가장 야심 찬 우주 계획인 국제
우주정거장International Space Station을 실현할 수 있게
만들었다.

하늘 위의 섬
일반적으로 사람들은 1969년 7월 아폴로 11호가 달 착륙에
성공하면서 소위 '우주 경쟁'이 갑작스레 끝났다고 인식한다.
그러나 사실 베를린 장벽이 무너지고 소비에트 시대가 끝날
때까지 두 국가 간의 경쟁적인 긴장감은 20년간 계속되었다.
나사는 1970년대 내내 우주왕복선 개발에 힘썼지만,
소련은 소형 우주정거장 살류트Salyut를 시작으로 다중
모듈 우주정거장 미르에 이르기까지 우주정거장 함대를
꾸준히 키워나갔다. 로널드 레이건 대통령이 백악관에
들어간 1981년, 그의 참모진 일부가 소련이 지구 궤도를
장악할지 모른다는 우려를 표명했다. 이에 대응하기 위해

더 작은 화물 용량

수십억 달러가 드는 우주 프로그램에는
광범위한 정치적 지원이 필요하다. 미국
국방성은 위 버전의 우주왕복선 아이디어를
탐탁지 않게 여겼는데, 그 이유는 첩보위성을
운반하기에 이 우주왕복선이 너무 작다고
생각했기 때문이다.

나사가 새로운 우주정거장을 건설키로 한 것은 어쩌면
당연해 보인다. 1984년 1월 25일, 레이건 대통령은 나사가
이끌고 유럽과 캐나다, 일본의 우주 기관들이 국제적으로
협력해 프리덤Freedom이라는 우주정거장이 지구 궤도
위에 만들어질 거라고 발표했다. 그러나 레이건 대통령의
우주정거장으로 가는 길은 길고 험난했으며, 워싱턴의
국회의원들은 앞으로 20년 동안 써야 할 엄청난 비용
처리가 너무 복잡해 프로그램을 전면 취소해야겠다며
여러 차례 위협했다. 우주왕복선과 우주정거장 시대의

나사는 정치적 내분으로 인해 사방에서 공격받았다.
달 착륙 계획이 무엇이며 어떻게 달성되어야 하는지,
설계도의 먼지가 가라앉기도 전에 거의 모든 사람이 입을
모아 동의했던 아폴로 시절과 비교해볼 만하다. 아폴로의
모든 과정에는, 적어도 달 궤도 랑데부 계획이 결정된
이후로는 일관성이 있었다. 그러나 우주정거장의 설계
과정에는 그런 일관성이 뚜렷하게 나타나지 않았다.
예술가들이 상상한 정거장은 축구 경기장 규모의 태양열
집열판을 떠받치는 금속 기둥들로 된 거대한 거미줄부터

시작해 화성 탐사 우주선을 수리하는 커다란 격납고,
우주비행사 몇 명만 수용 가능한 실린더 모양 거주지에
이르기까지 매우 다양했다. 나사는 우주정거장을
재설계하는 데 수십억 달러를 소비했다. 우주정거장을
어떻게 사용할지에 관한 의견이 가지각색이었기 때문이다.
'나사'라는 용어를 사용할 때마다 우리는 그 기관이 각자
흩어져 있는 전문 기관들의 집합체라는 사실을 쉽게
잊어버린다. 플로리다에 있는 케네디우주기지Kennedy
SpaceCenter(KSC)는 로켓 대부분을 발사한다. 휴스턴에

있는 존슨우주기지Johnson Space Center(JSC)는 비행사들의
우주 비행을 통제한다. 패서디나의 제트추진연구소Jet
Propulsion Laboratory(JPL)는 지구 밖의 로봇 임무를
담당하며, 메릴랜드의 고다드우주비행센터Goddard Space
Flight Center(GSFC)는 지구과학과 천문학 임무 대부분을
담당한다. 워싱턴에 있는 나사 본부는 이 모든 역할을 한데
모아, 센터들이 함께 조화를 이루며 일할 수 있도록 조율한다.
하지만 각 센터가 미국의 다른 주에 소속되어 있기에 종종
정치적 경쟁이 일어난다. 레이건 대통령이 우주정거장

승리한 아이디어
위 그림이 바로 1972년 7월 나사의
승인과 백악관의 후원까지 받은
로크웰인터내셔널사의 우주왕복선
시스템이다.

현실에 가까이

1974년 로버트 맥콜은 이 그림을 SF 작가
아이작 아시모프의 저서『우주 속 우리
세상Our World In Space』에 기증했다. 날개
끝에 달았던 추진기 포드를 꼬리날개의
밑부분으로 옮긴 것만 제외하면, 이 그림은
최종적으로 제작해 비행 준비를 마친
우주왕복선과 유사하다.

아이디어를 승인하자, 기관들은 이 계획을 어떻게 진행해야
할지 격렬한 논쟁을 벌였다. 그래서 우주정거장에 관한
예술가들의 작품도 나사의 다른 프로그램의 예술 작품
가운데 가장 다양한 것이다. 어쩌면 더욱 대단한 사실은
최종적인 형태의 우주정거장을 찾아내기까지 무수히
많은 고해상도 설계도를 만들고 지우며 힘거운 과정을
반복했으리라는 점이다. 누군가는 나사가 수많은 비용을
들여가며 혼란을 겪던 설계 초기 과정에 난색을 보이며,
'원래 우리가 생각한 우주정거장은 이것'이라며 실제로 만든
정거장을 편하고 여유 있게 가리키는 모습을 상상할 수 있을
것이다.

　1990년대, 소비에트 연방의 해체로 인한 역사의 지각
변동은 우주정거장의 정치적 정당성에 새로운 반향을
일으켰다. 1992년 6월, 나사의 수장들과 러시아 수장들이
만났다. 그들이 논의한 엄청난 주제는 바로 이것이었다.
'소련 시대가 끝난 지금, 냉전 시대의 철천지원수였던
러시아와 미국이 우주 위에서 공동의 대의를 찾을 수 있을
것인가?' 그로부터 2년 동안, 나사는 지구 궤도에서의

평화적 협력 관계를 확보하기에 앞서 소련 시대의 마지막
우주정거장인 미르 우주정거장에 탑승하는 공동 임무에
대해 러시아와 협상을 진행했다. 처음 제안한 설계도에
러시아 선체를 집어넣는 것을 마지막으로 협의한 후, 드디어
국제 우주정거장(ISS)으로 알려진 우주 계획이 시행되었다.

　1998년 11월 20일, 러시아에서 만든 ISS의 첫 번째
구조물인 자라Zarya 모듈이 러시아의 프로톤 로켓을
타고 카자흐스탄 바이코누르우주기지에서 지구 궤도로
발사되었다. 그 후 미국이 제작한 유니티Unity 도킹 모듈과
러시아의 즈베즈다Zvezda 서비스 모듈도 발사되었는데,
이들은 ISS 구성 요소 중 처음에 필요한 세 가지 구조물에
불과한 것이었다. ISS 계획은 평화 시기 역사상 가장 규모가
큰 국제 과학 기술 협력 프로젝트가 되었다. 오랫동안 세계
냉전의 주역이었던 미국과 러시아가 이제는 캐나다와 일본
및 유럽우주국European Space Agency(ESA)으로 대표되는
열한 개 국가와 함께 긴밀히 협력했다.

우주왕복선 시대의 연장
1980년대부터 21세기 초까지 나사의 발표에
존 프래사니토John Frassanito의 작품이 자주
등장했다. 이 그림은 열두 명의 우주비행사를
수용할 수 있는 업그레이드된 우주왕복선을
낙관적으로 묘사한 것이다.

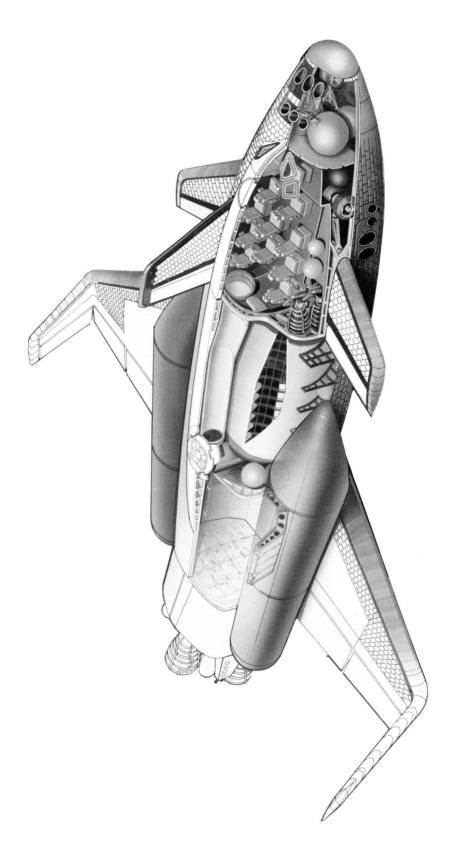

왼쪽은 패트릭 룬드퀴스트Patrick
Lundquist가 1993년에 그린 작품으로,
지구 궤도에 있는 우주왕복선의 화물칸에서
우주비행사들이 허블 우주 망원경을
수리하려는 계획을 묘사한 그림이다.
오른쪽은 예술가 존 솔리John Solie가
허블 우주 망원경의 주 반사경에 오류가
없는지 마지막으로 확인하는 록히드마틴사
'청정실'의 모습을 묘사한 그림이다.

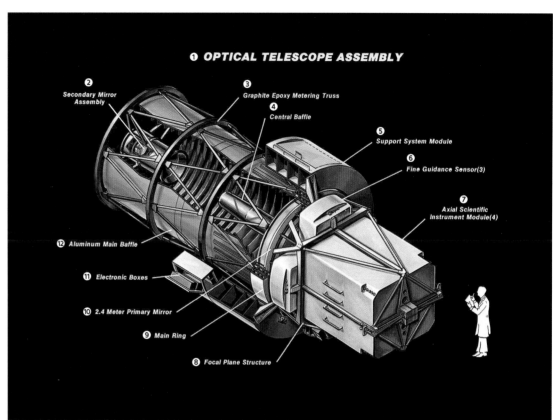

❶ OPTICAL TELESCOPE ASSEMBLY

❷ Secondary Mirror Assembly
❸ Graphite Epoxy Metering Truss
❹ Central Baffle
❺ Support System Module
❻ Fine Guidance Sensor(3)
❼ Axial Scientific Instrument Module(4)
⓬ Aluminum Main Baffle
⓫ Electronic Boxes
❿ 2.4 Meter Primary Mirror
❾ Main Ring
❽ Focal Plane Structure

❶ 광학 망원경 조립
❷ 제2 반사경 구조물
❸ 흑연 에폭시 계량용 트러스
❹ 중앙 배플
❺ 지원 시스템 모듈
❻ 미세 유도 센서(3)
❼ 축방향 과학용 도구 모듈(4)
❽ 초점면 구조
❾ 메인 링
❿ 2.4미터 주 반사경
⓫ 전자기기 상자
⓬ 알루미늄 메인 배플

사업 종료
허블의 광학 망원경은 제1 반사경과 제2 반사경 등 반사경 두 개와 보조용 트러스, 초점면 구조로 구성되어 있다. 이 시스템은 지구에서 볼 수 있는 어떤 물체보다 25배 더 희미한 물체까지 감지할 수 있다.

세계적으로 유명한 도구
1990년에 신원 미상 예술가가 앨라배마 헌츠빌에 있는 나사의 마셜우주비행센터Marshall Space Flight Center(MSFC)를 위해 그린 허블 우주 망원경의 모습이다.

성공적인 '수리' 비행
폴 허드슨Paul Hudson의 작품들로,
위쪽 그림은 1990년 4월 우주왕복선
디스커버리호의 화물칸에서 우주로
발사된 허블 우주 망원경이다. 왼쪽 그림은
제트추진연구소를 위해 1993년 12월에
있었던 허블 우주 망원경 수리 임무의
모습이다. 나사 우주비행사들이 주 반사경의
문제를 해결하기 위해 광학 교정 장치를 설치
중이다. 임무는 성공했으며, 그 덕분에 허블
망원경은 20년 이상 완벽하게 작동했다.

허블의 새로운 새벽
허블 망원경 정비 임무에 대한 극적인 해석이
담긴 작품으로, 스콧 칼러Scott Kahler가
1993년 초에 그린 것이다. 망원경 뒤로
묘사된 별과 은하 들의 모습이 환상적이다.

사람을 기억하다
때때로 우주 비행에 참여하는 사람들의
모습이 우주선에 가려지곤 하지만, 파멜라
리의 1988년 그림에서는 그렇지 않다. STS-
51-I 임무에서 윌리엄 피셔가 1985년 8월
디스커버리호의 화물칸에서 대기하는
모습으로, 피셔의 헬멧에 비친 동료 제임스
반 호프텐James van Hoften이 고장 난
위성 리샛 3호를 가져온 후 수리해 우주로
돌려보냈다.

우주왕복선에서의 생활
이 그림은 우주왕복선과 그곳의 탑승자
크기를 어느 정도 비교해 보여준다.
왕복선에는 최대 일곱 명의 우주비행사를
수용할 수 있다.

우주의 일꾼
폴 허드슨이 그린 적외선 망원경이 장착된
우주왕복선의 모습. 이 그림은 왕복선
시스템이 첫 번째 임무를 준비하던 1979년에
완성되었다.

뜨거워지다
한 신원 미상의 예술가가 1970년대 후반에
그린 작품으로, 위험천만한 지구 재진입 과정
중에 우주왕복선 혹은 우주선의 밑바닥이
대기 마찰로 빨갛게 달궈진 모습을 인상적인
삽화로 만들었다.

육지 상륙
미국 플로리다주 케네디우주기지를 향해
우주왕복선이 날아가고 있다. 날개 달린
우주선은 다른 전형적인 항공기들이
사용하는 기존 활주로에 착륙했다. 이 그림은
M. 알바레즈가 그린 그림으로 우주왕복선의
주 계약사였던 로크웰인터내셔널사를 위해
제작되었고, 이후 나사에 의해 배포되었다.

히치하이킹
가끔 먼 착륙 지점과 나사의 정비 시설
사이를 이동할 때는 개조된 보잉 747
항공기로 우주왕복선의 궤도선을 수송했다.
이 두 그림은 1970년대 후반의 것으로,
그 일을 가능하게 만든 메이트-디메이트[6]
과정을 보여준다.

6   Mate-Demate. 만났다가 떨어진다는 뜻.

미래의 우주정거장 템플릿은 아직도 존재한다

왼쪽은 스탠리 큐브릭 감독의 1968년 영화 〈2001: 스페이스 오디세이〉를 위해 만든 로버트 맥콜의 포스터 그림이다. 한 우주인이 인공 중력을 만들어내는 원심분리기 안에서 우주복을 뽐낸다. 오른쪽 그림 속 궤도 위를 움직이는 거대한 우주 호텔도 같은 방식을 이용한다.

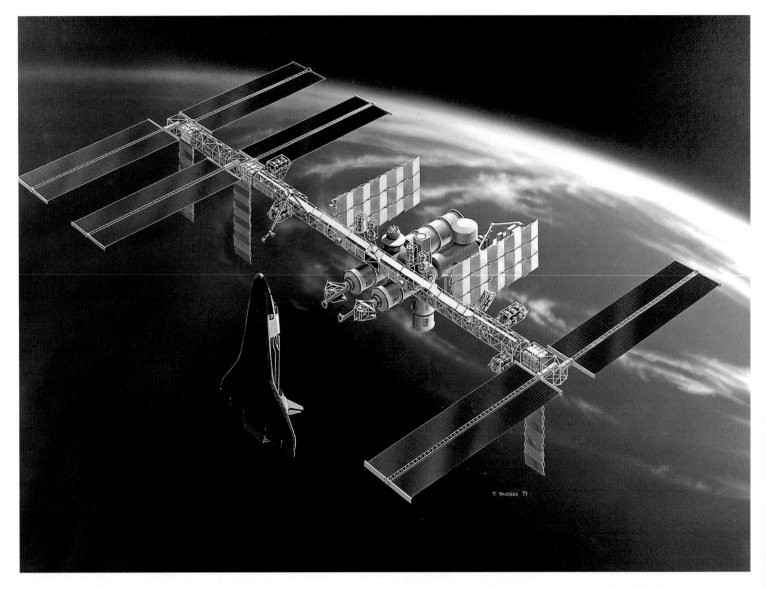

두 가지 모습의 프리덤
나사 마셜우주비행센터의 예술가
톰 버즈비Tom Buzbee는 1991년
우주정거장 프리덤의 콘셉트 그림을
구상했다.

그림 수정
로크웰사가 후원한 상상도에서는
우주비행사 두 명이 우주정거장 근처에서
조심스럽게 우주선을 조종하는 모습을
보여준다. 이런 제어 장치는 비행갑판 뒤쪽에
있다. 이 그림의 초기 버전에는 남성 두 명이
있었지만, 나사가 첫 여성 우주비행사를
모집하자 1978년에 수정되었다.

중요한 파트너
유럽우주국은 나사의 주요 국제 협력 기관 중
하나다. 이 1977년 절개 도면은 유럽우주국이
개발한 재사용 가능 우주실험실인 스페이스
랩의 모습으로, 스물두 번에 걸친 우주왕복선
임무 동안 다양한 형태로 비행했다.

쉴 새 없는 변형
팻 롤링스Pat Rawlings는 30년이 넘도록
나사에서 가장 저명한 예술가로 손꼽혔다.
그러나 프리덤에 도킹한 우주왕복선의
모습을 그린 이 1987년 작품도 궤도 위의
국제 기지 설계를 위한 수많은 상상도 중
하나에 불과했다.

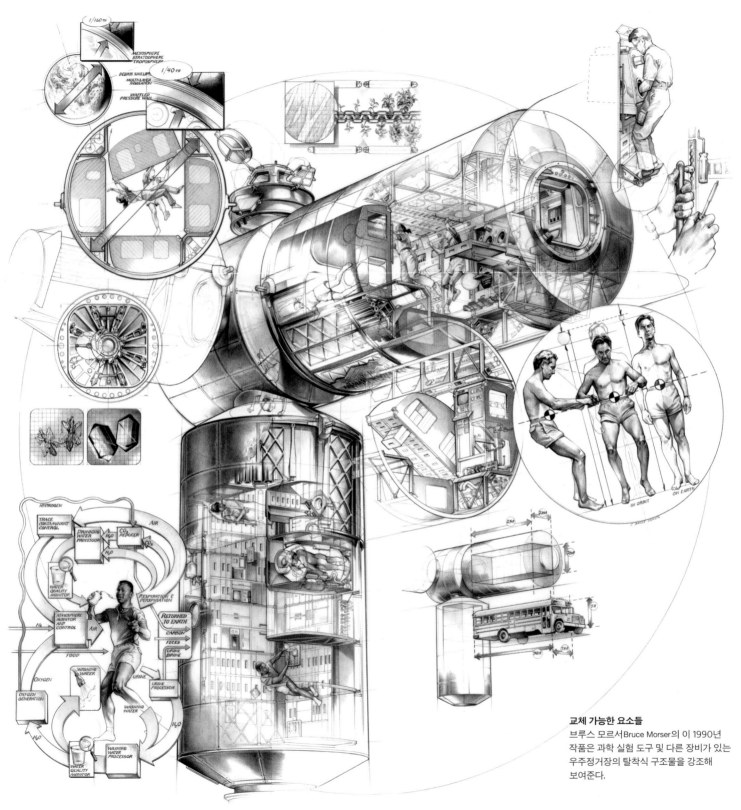

교체 가능한 요소들

브루스 모르서Bruce Morser의 이 1990년
작품은 과학 실험 도구 및 다른 장비가 있는
우주정거장의 탈착식 구조물을 강조해
보여준다.

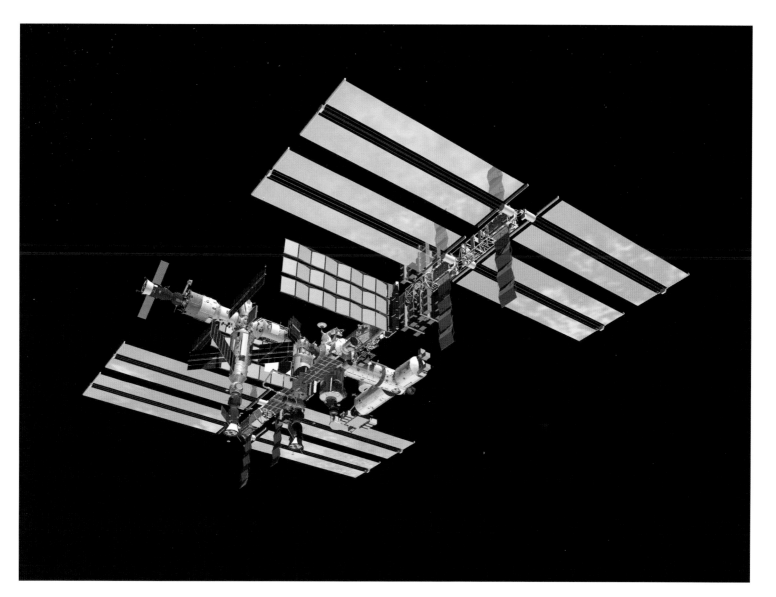

그저 다른 그리기 도구
컴퓨터로 만든 이미지들이 연필과 붓으로
그린 그림보다 반드시 노동력이 덜 드는 것은
아니다. 2006년 존슨우주기지에서 만든
이 이미지는 국제 우주정거장을 사실처럼
정교하게 묘사한 것이다.

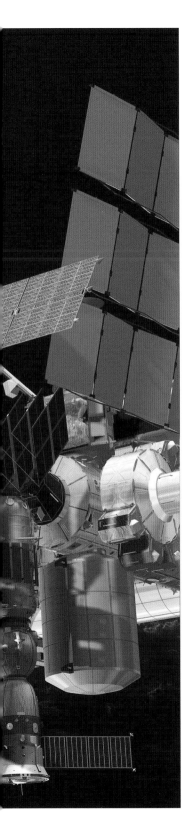

유용한 페리
유럽우주국의 예술가 데이비드
듀크로스David Ducros의 2014년 작품으로,
나사와 협력해 공급 역할을 수행하는
무인 화물 우주선Automated Transfer
Vehicle(ATV)의 모습을 묘사한 것이다.
ATV는 나사의 새로운 우주선 오리온호의
주요 추진 모듈이 될 것이다.

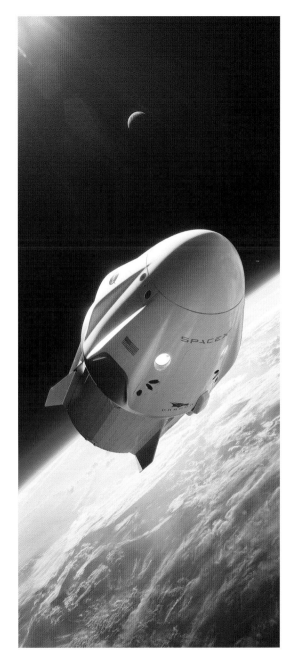

상업 기업
스페이스XSpaceX에서 제작한 우주선
드래곤Dragon호가 나사와의 서비스 계약
업무를 이행하기 위해 우주정거장에
접근하는 모습. 이 그림 속 우주선은
승무원이 탑승할 수 있는 버전으로,
곧 실제로 운행할 것으로 예상된다.

정비 중

위 작품은 해롤드 스멜서Harold Smelcer의
그림으로, 국제 우주정거장에서 부품을
교체하기 위해 준비 중인 우주비행사의
모습이다. 우주정거장에 탑승한 승무원들은
실제로 정거장을 정비하는 데 대부분 시간을
보낸다.

궤도 위의 이상적인 생활터

왼쪽 그림은 1970년대 후반에 묘사된
우주정거장의 이상적이고 깔끔한 모습이다.
실제 우주정거장은 장비 때문에 훨씬 더
어수선하다.

4 멋진 신세계
다시 달로, 그리고 붉은 행성으로

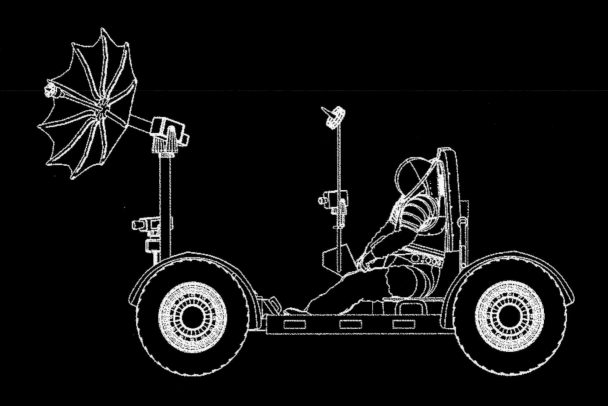

1969년에 성공한 아폴로 11호의 달 착륙 임무 이후, 나사와 미국
모두가 인간의 우주 탐사를 위한 다음 목표를 찾기 위해 고군분투했다.
오늘날 우리는 그 해답에 가까워지는 중일지도 모른다.

화성의 유혹
2017년 록히드마틴사에서 나사를
위해 제작한 콘셉트 그림. 화성
베이스캠프(MBC)와 랑데부 및 도킹을
하는, 재사용 가능한 단일 단계형 화성
상승 및 하강선Mars Ascent/Descent
Vehicle(MADV)의 모습이다.

오늘날 우리는 화성을 마치 뒷마당처럼 가기 쉬운 곳으로 생각한다. 화성에서 사진이 전송되면 며칠 혹은 몇 시간 만에 가정용 컴퓨터에서 고화질 이미지로 내려받을 수 있다. 하지만 우리가 직접 그곳에 가는 것은 어떨까? 간혹 문화적인 영향을 받아 화성에 누군가 산다고 생각하는 사람들도 간혹 있지만, 실제로 화성에서는 아직 아무도 발견하지 못했다는 사실을 잊으면 안 된다. 정치계의 승인만 떨어지면 10년 안에 나사에서 화성으로 사람을 보낼 수 있을 거란 상상도 쉽게 할 수 있다. 1961년, 지구 저궤도로 비행하는 법도 몰랐던 그때, 케네디 대통령은 유인 달 착륙 계획을 승인했고, 그 후로 9년도 되지 않아 임무를 성공시켰다. 오늘날 우리는 태양계를 가로질러 훨씬 더 빠르게 진보할 수 있을 만큼 우주 체계를 충분히 잘 안다. 그렇다면 왜 작금의 대통령은 붉은 행성 탐사에 청신호를 켜주지 않는 것일까? 노력한 대통령들도 있지만, 그 성공

수준은 미미했다. 1989년 7월 20일, 조지 H. W. 부시 대통령은 아폴로 11호의 20주년을 축하했다. 암스트롱과 올드린, 콜린스가 옆에 서 있는 동안 그는 이렇게 말했다. "1990년대를 위해, 우리는 우주정거장을 지었습니다. 이제 앞으로 다가올 새로운 세기를 위해, 우리는 달로 돌아가야 합니다." 그러고 나서, 우주 애호가들의 귀에 음악처럼 들릴 '내일을 향한 여정, 다른 행성을 향한 모험, 화성을 향한 유인 탐사 임무'에 관해 이야기했다.

하지만 약 1년 후, 비용이 너무 많이 든다는 판단하에 그 계획은 조용히 취소되었다. 2004년 1월 부시 대통령은 다시 이전 계획과 유사한 '태양계를 가로질러 우주를 탐험하고 인간의 존재를 확장하는' 계획을 발표했다. 1972년 이후 처음으로 우주인이 직접 결함이 있었던 우주왕복선 시스템을 대체하는 새로운 우주선과 승무원 탐사선Crew Exploration Vehicle(CEV)을 타고 지구 궤도

아찔한 광경
1988년 팻 롤링스가 그린 작품으로, 화성을 처음 방문해 거대한 녹티스 라비린투스Noctis Labyrinthus 협곡을 탐험 중인 사람들을 묘사했다. 이제 막 해가 떴고, 6킬로미터가량 아래에는 협곡 바닥을 가리는 새벽안개가 가득하다.

화성을 향한 야망
1984년 피에르 미옹은 화성 우주선이
우주정거장의 접근 가능 범위 안에서
몇 달 동안 머물다가 우주선 제작이 끝난 후
지구 궤도를 탈출한다는 내용의 상상도를
만들었다. 우주선 맨 앞의 제어용 소형
로켓이 달린 보호막 '에어로셸aeroshell'은
화성의 대기권 진입을 위해 고안되었다.

2017년 록히드마틴사에서 제작한 화성 상승
및 하강선에 관한 아이디어 그림으로, 화성에
착륙한 후 우주비행사들이 1인승 소형
로버를 타고 지표면 탐사 준비를 하는 모습을
보여준다.

공기주입식 화성 거주지
존 프래사니토가 2003년에 제작한 컴퓨터
그래픽 이미지. 방탄조끼 천처럼 튼튼하고
가벼운 소재로 만든 화성 거주지를 보여준다.

밖으로 나가서, '달에서 살고 일하는 것을 목표로 하는,
전보다 확장된 달 탐사 임무를 2015년 이내로 수행'하게
된 것이다. 그러나 얼마 지나지 않아 부시 대통령은 나사가
'화성과 그 너머 세계에 대한 임무'를 수행할 준비를 해야
한다고 발표했다.

그 후, 우리는 지금까지 우주선 오리온Orion
(spacecraft)호와 그 발사체인 새턴 V 크기의 우주 발사
시스템Space Launch System(SIS)의 개발을 기다린다.
하지만 그사이에도 정치 기득권층의 관심은 달을 건너뛰고
화성으로 향했다가, 다시 화성을 보류하고 중국의 달 착륙을
견제하며 긴급히 미국 우주인들을 달로 보내는 등 수시로
바뀌었다. 비록 이런 상황이더라도, 오랜 먼지가 쌓인 화성의
붉은 땅 위에 첫 발자국이 찍히는 날, 혹은 회색 달 표면에
새로운 발자국이 새겨지는 날은 점점 더 가까워지는 듯하다.
붉은 행성을 향한 유인 탐사를 오랫동안 계획해왔기에,
당연하게도 그 미래의 임무를 위한 삽화 목록 또한
어마어마하다. 베르너 폰 브라운은 저서『화성 프로젝트The
Mars Project』(1952)에서 각각 4,000톤 무게의 함대가
어떻게 여행할 수 있는지를 묘사했다. 이 거대한 우주선은
화성의 얇은 대기를 이용하기 위해 특별히 고안된 거대한
글라이더 날개로 착륙할 수 있다.

1960년대 나사는 인간을 화성까지 보낼 수 있는 로켓
비행체 응용 원자력 엔진Nuclear Engine for Rocket Vehicle

Application(NERVA) 기술을 고안해냈다.

20세기 말에는 우주선 추진용 핵 기술이 너무
논란거리가 되어 고려조차 할 수 없었다. 그래서 유인 화성
탐사 임무를 위해 마틴마리에타사의 로버트 주브린Robert
Zubrin 같은 엔지니어들은 기존의 화학 로켓을 더 효율적으로
사용하는 법을 고민했으며, 무인 지구 귀환 모듈을 포함한
주요 화물을 인간보다 먼저 화성에 보내는 방법을 중심으로
다양한 아이디어가 고안되었다. 화성에 미리 충분한 장비를
보내야만 인간이 상대적으로 작은 우주선을 타고 비행할 수
있기 때문이다. 나사와 국제 협력 기관들은 화성까지 가는
방법을 지속해서 연구한다. 하지만 돈은 차치하더라도(돈은
주요 걸림돌이다), 방사선 장애와 식량 공급 문제, 그리고
화성에 보냈던 가장 무거운 탐사 로봇보다 더 큰 우주선을
화성에 착륙시키는 일 등 확실하게 파악조차 할 수 없는
난관이 무수히 많다.

이동식 베이스캠프
존 프래사니토가 2003년에 제작한 컴퓨터
그래픽 이미지. 원격조종 로봇과 함께
이동식 로버를 타고 다니며 화성을 탐사하는
원정대의 모습이다.

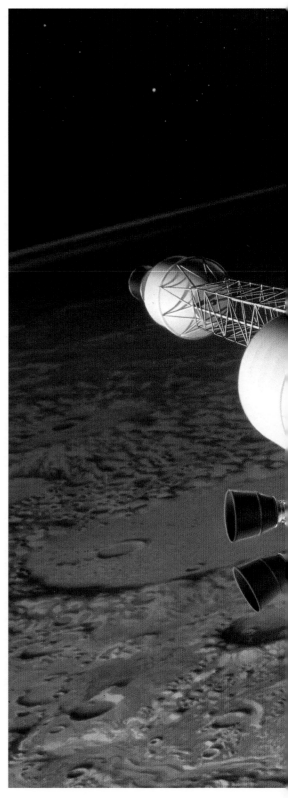

세대별 화성 착륙선
나사는 인간이 임무를 수행할 수 있는 '화성
건축물'을 10년마다 새롭게 계획하지만,
그곳에 무언가를 건설하는 일이 정말
가능할지는 아직도 미지수다. 1984년제
제작된 이 그림 속 착륙선은 화성의 대기권
진입에서 살아남기 위한 '에어로셸' 콘셉트에
기반을 둔다.

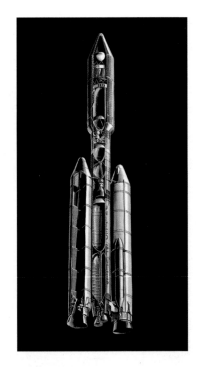

유용한 로켓

위 그림은 마틴마리에타사의 엔지니어이자 예술가인 찰스 베넷이 그린 1972년 타이탄 센타우르Centaur 발사체의 절개 도면이다. 이 로켓은 1970년대 중반 화성 바이킹 착륙선 프로젝트를 포함해 나사의 여러 우주 임무에 사용된 '일꾼'이었다.

착륙을 향한 발걸음

왼쪽 그림은 루스 아라스미스의 작품으로, 화성 착륙선 바이킹이 오비터 모션에서 분리된 후 대기권 진입, 낙하산으로 하강, 지표면에 착륙한 후 로봇 팔을 확장해 샘플을 수집하기까지 모든 과정을 묘사했다.

똑똑한 로봇
찰스 베넷의 상상도. 바이킹이 화성 착륙에
성공하기 3년 전 이미 화성 표면에 와
있는 쌍둥이 우주선의 모습을 그린 것이다.
바이킹은 반자율적이고 최고로 발전된 로봇
시스템을 장착한 우주선이다.

꿈을 지키다
팻 롤링스의 1997년 작품으로, 〈2020
비전2020 Vision〉이라는 낙관적인 제목이
붙었다. 한 외계생물학자가 고대 또는 현재의
화성에 생명체가 존재함을 알려주는 샘플을
습득한 것으로 보인다.

오랜 친구와의 만남
팻 롤링스가 나사의 존슨우주기지를 위해
그린 1991년 그림으로, 화성에 있는 최초의
인류가 화성이 우주선에 끼친 영향을
연구하기 위해 이제는 오래되어 먼지로
뒤덮인 바이킹 착륙선을 검사하는 모습을
상상한 것이다.

작업용 바퀴

2002년에 존 프래사니토가 화성 탐사선을
연구해 그린 작품이다. 화성의 바위와 돌산을
안전하게 기어오르도록 특별히 개조한
바퀴를 장착했다.

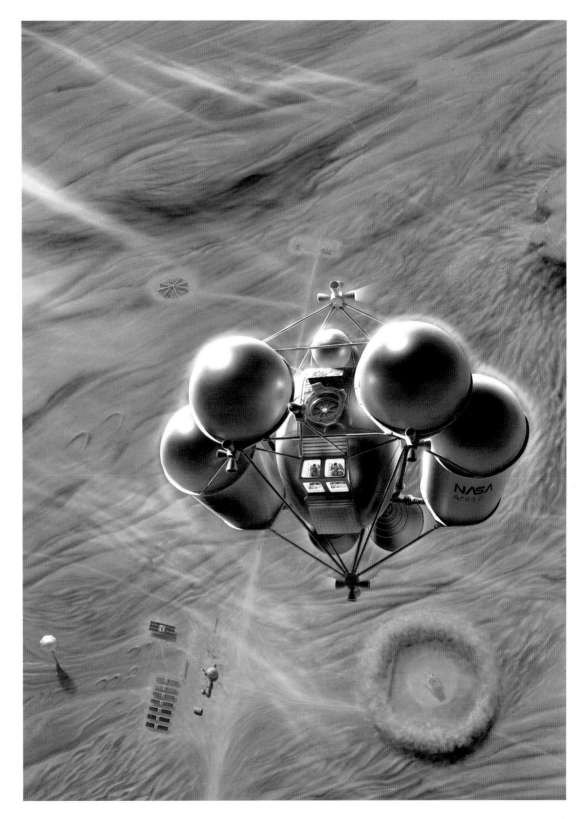

지금까지 가장 큰 로버

자동차 크기의 화성 로버인 마스 2020Mars 2020는 2021년 2월에 약 45킬로미터 폭인 제제로 크레이터Jezero Crater 지역에 착륙할 예정이다.[7] 이 탐사선은 고대 생명체의 흔적을 찾고, 인간의 탐사에 도움이 될 기술을 시험하고, 미래에 지구로 돌아올 가능성을 위해 토양과 암석 샘플을 수집하고 저장할 것이다.

7 로버의 이름은 2020년 3월 이후 퍼서비어런스Perserverance로 바뀌었고, 마스 2020는 퍼서비어런스와 드론 헬리콥터 인제뉴어티Ingenuity를 포함한 화성 지표면 로봇 탐사 계획 자체의 명칭이 되었다. 2021년 2월 18일에 착륙 성공했다.

우주에서의 다음 단계
미국의 새로운 유인 우주선 오리온호를 들어
올릴 나사의 2015년 공식 우주 발사 시스템.
새턴 V 로켓 이후로 가장 강력한 이 발사
시스템은 오리온을 지구의 중력을 벗어나
달, 그리고 언젠가는 화성으로 날려 보내야
한다. 오리온은 인간을 이전보다 더욱 머나먼
우주로 데려가기 위해 만들어졌다.

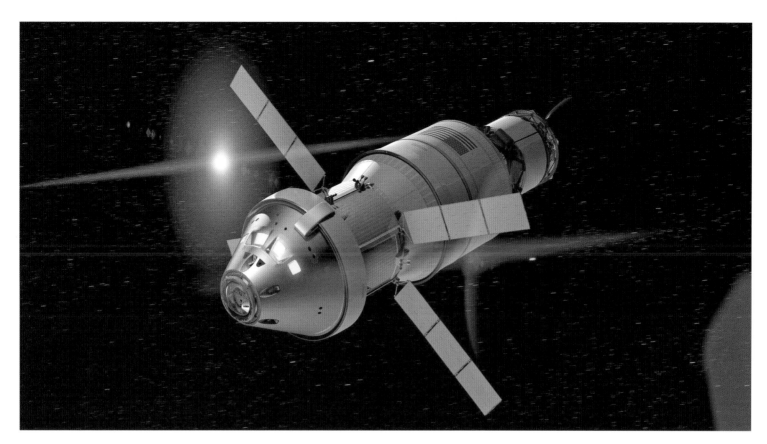

전속력으로 나는 오리온호
이 이미지와 뒷면 이미지가 오리온호의
모습이다. 주 사령선은 아폴로호와 비슷하게
생겼지만, 규모가 상당히 크고 우주인 최대
여섯 명까지 수용할 수 있는 공간을 가졌다.

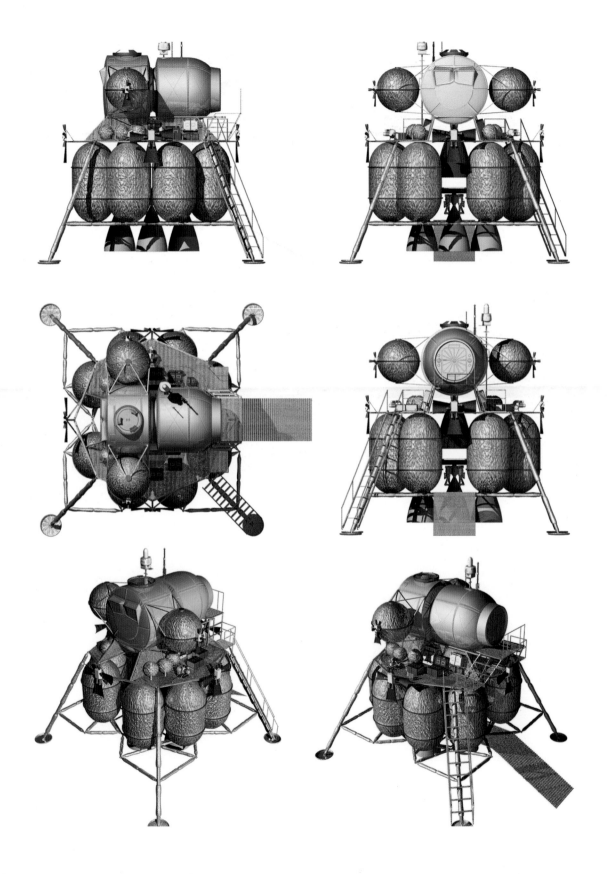

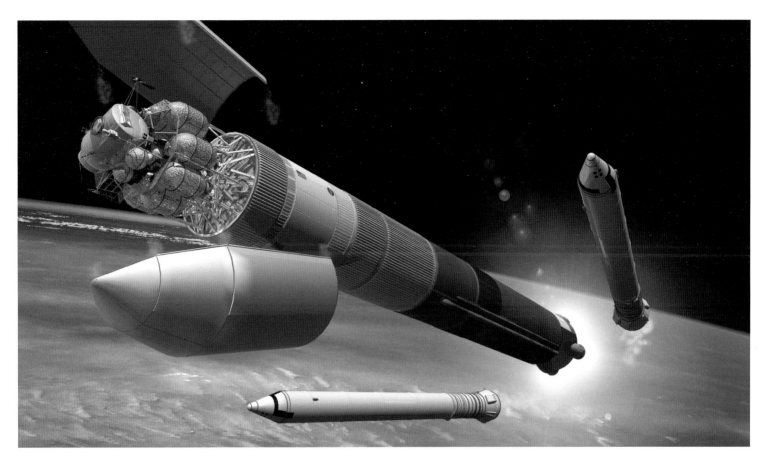

최근에 지나간 미래
달 착륙선 알타이르의 모습. 나사가
2018년까지 인간을 달에 보내는
콘스텔레이션Constellation 계획에
사용하려고 했던 착륙선이지만 2011년에
계획이 취소되었다. 그 이후 오늘날의
오리온호와 우주 발사 시스템 프로젝트의
형태로 일부 되살아났다.

다시 달로?

우리가 이미 가는 방법도 세세히 잘 알고, 안전하게 점령해놓은 세계가 하나 있다. 이제 남은 질문은 임무의 기간과 목적이다. 또다시 며칠만 머물 것인가, 아니면 영원히 정착할 것인가? 혹은, 그 중간 어딘가 최적의 방법이 있을까? 이에 대해 예술가들은 모두 조금씩 다른 상상을 펼쳤지만, 그중에서도 1930년대부터 오늘날까지 우주 문학 속에서 계속해서 묘사되어 온 한 가지가 가장 마음에 든다. 그것은 땅속에 일부가 파묻힌 상태로 우주 방사선으로부터 거주자들을 보호하고 편안한 온도를 유지해주는 달 기지와 그곳에서 영구적인 삶을 살아가는 사람들의 모습이다. 우리가 원한다면 언제든 이 모든 일을 할 수 있다. 인간이 달에 착륙하는 데 1960년대 기술이 사용되었다. 그러므로

21세기에는 당연히 더 잘할 수 있고, 더 오랜 기간 머물며, 살아보고, 일하고, 어쩌면 정착까지 할 수 있을 것이다. 안전성 측면에서도 도움이 필요하다면 단 3일 만에 달까지 날아갈 수 있다. 게다가 방사능 문제는 달에 있는 풍성한 건축 자재를 보호 수단으로 사용한다면 해결할 수 있다. 우리를 비웃기만 하는 화성과 달리, 새로운 임무와 기회를 더욱 즉각적으로 보장하는 달을 향한 모험을 통해 우리는 우주에서의 영역을 더 넓힐 수 있다.

지금도 예전과 그리 다르지 않다

아래 컬러풀한 이미지는 1953년 베르너 폰 브라운이 디자인한 달 착륙선을 1993년 테리 L. 선데이Terry L. Sunday가 디지털 랜더링한 것이다. 거의 70년 전 디자인이지만, 기본적인 요소는 오늘날에도 여전히 사용한다. 2007년 나사에서 제작한 오른쪽 이미지 속 달 착륙선 알타이르의 모습은 폰 브라운 디자인의 직계 후손으로 보인다.

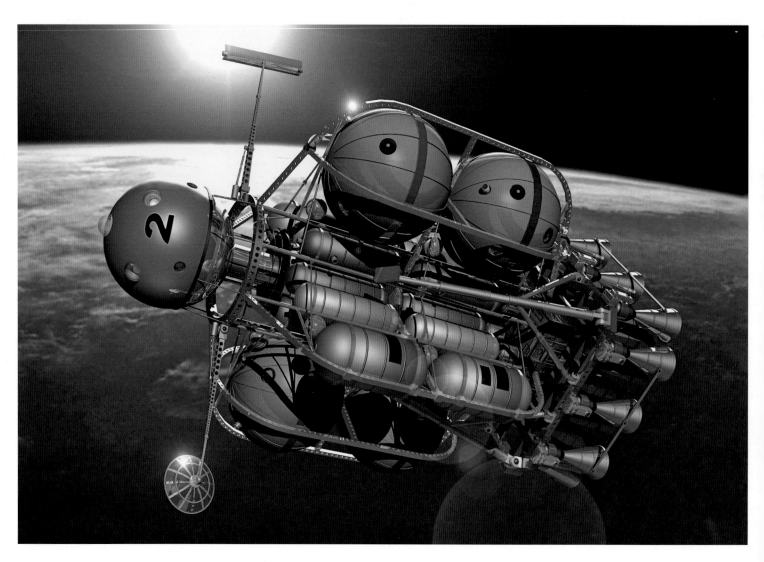

우주 서비스 판매
달 착륙선 외부에 있는 표시들은 달에서
생활하게 될 인류의 미래를 둘러싼 수많은
활동이 상품화될 가능성을 보여준다.

업 앤드 다운 루틴
록히드마틴사는 2024년까지 달에
복귀한다는 나사의 최근 목표를 염두에
두고 나사가 달 근처에 건설하고자 하는
새로운 우주정거장인 루나 게이트웨이Lunar
Gateway와 달 표면 사이를 이동하는 2단계
착륙선을 제안했다.

플러그인 우주인
존 프래사니토의 2009년 그림. 달 탐사에서 입을 미래 우주복은 로버 차량에 있는 우주복과 유사한 모양의 해치에 직접 도킹할 수 있다. 우주비행사들은 거슬리는 모래나 먼지 입자를 우주선까지 들여오는 일 없이 우주복을 벗을 수 있다.

잠시 중단된 달을 향한 비전
《내셔널 지오그래픽》의 의뢰로 제작되어
1969년 2월호에 실린 데이비스 멜처의
상상도. 아폴로 이후, 우주 자금의 삭감으로
아폴로 18호와 19호, 20호의 임무가 취소된
해에 만들어진 작품임에도, 우주인들이
거대한 달 기지에 거주하게 될 거라는 그의
비전은 사람들에게 많은 영향을 미쳤다.

언제 그렇게 될까?
1968년 영화 〈2001: 스페이스 오디세이〉를
위해 그린 로버트 맥콜의 가장 유명한 작품
중 하나로, 달 뒷면에 있는 우주비행사들의
모습을 보여준다. 한 우주인은 태블릿
스타일의 컴퓨터를 들었다.

달에서 돌아다닐 다음 차량은?
자동차 디자이너 마크 트위포드Mark
Twyford가 2011년 나사와의 연구 계약으로
디자인한 다목적 거주 가능 로버의 모습이다.

독수리가 달의 꿈으로 돌아오다
1988년 나사 연구 계약의 일환으로
팻 롤링스가 그린 작품이다. 이 그림은
1988년 4월 휴스턴에서 열린 '21세기의
달 기지와 우주 활동Lunar Bases and Space
Activities of the 21st Century'이라는 제목의
산업 회의를 촉진시켰다.

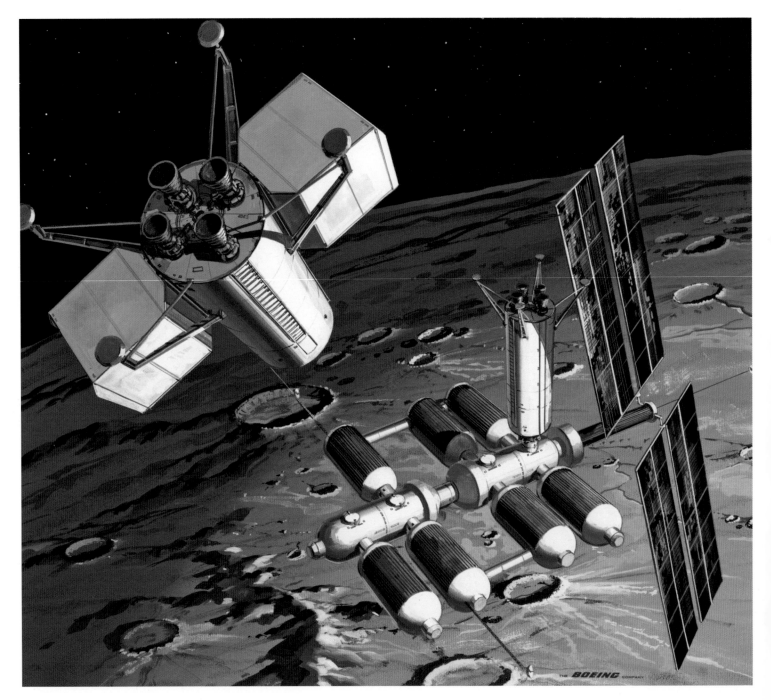

달에 가기 전 마지막 정류장
1977년 보잉사에서 구상한 달 궤도 정거장은
오늘날 루나 게이트웨이 우주정거장 계획의
특징이 다수 있다. 이 작품은 나사의 1977년
출판물 『미래 우주 활동 개요A Compendium of
Future Activities』에 실린 그림이다.

달 정거장

록히드마틴사는 나사의 새로운 우주선 오리온호를 만드는 계약업체다. 이 이미지는 향후 몇 년 내로 재개될 달 탐사의 출발점으로 예상되는 루나 게이트웨이 정거장에 도킹한 오리온호의 절개 도면이다.

5 광활한 공간
화성 너머 우주 깊은 곳으로의 탐험

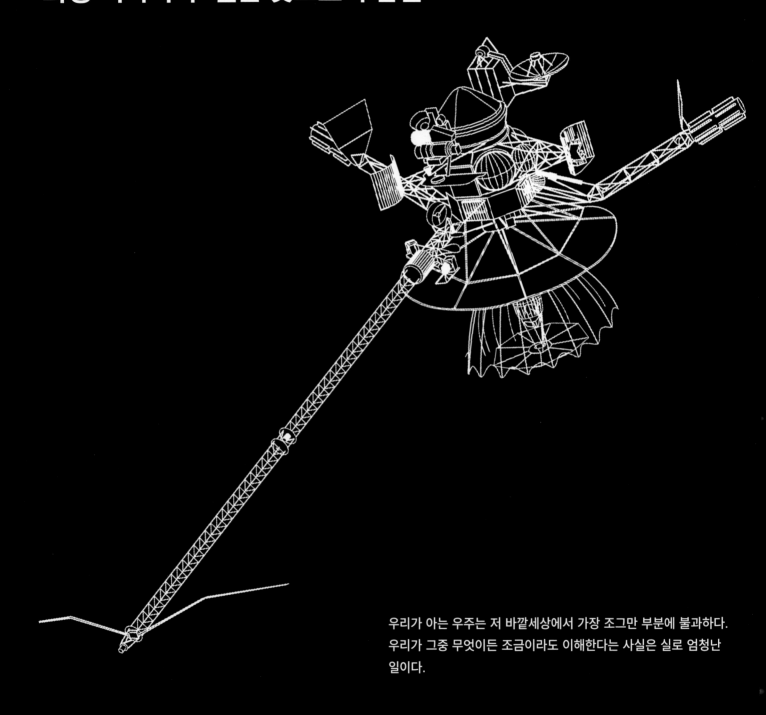

우리가 아는 우주는 저 바깥세상에서 가장 조그만 부분에 불과하다.
우리가 그중 무엇이든 조금이라도 이해한다는 사실은 실로 엄청난
일이다.

긴 꼬리 사이로
영국 우주 예술가 데이비드 하디David Hardy의 작품.
나사와 유럽우주국의 합작 우주선 율리시스호가
1996년에 하쿠타케 혜성 꼬리 사이를 통과하는
모습의 인상을 그림으로 남겼다.

5   광활한 공간

스탠리 큐브릭Stanley Kubrick과 아서 C. 클라크가 함께
만든 1986년 영화 〈2001: 스페이스 오디세이2001: A
Space Odyssey〉에서 핵 추진 우주선으로 목성을 탐험하며
설득력 있는 미래상을 보여주었지만, 달과 화성 너머에 있는
목표물은 아직도 인간의 손이 닿지 않는 곳에 있다. 비록
영화가 개봉한 지 수십 년이나 지난 오늘날에도 불가능한
우주 임무를 다루긴 하지만, 로버트 맥콜Robert McCall이
그린 영화 포스터 또한 우주 예술 작품 목록에 있다. 현재
상황의 긍정적인 측면은 나사의 탐사 로봇들이 태양계
내에서 인상 깊은 지역 여러 곳을 탐험했다는 점이다.
유럽우주국과의 공동계획으로 토성에 보낸 카시니Cassini
탐사선은 13년간 토성 궤도를 돌며 간혹 토성만큼이나
흥미로운 위성들을 스쳐 지나곤 했다. 2005년 1월
14일, 카시니 탐사선에서 분리된 ESA의 소형 탐사선
하위헌스Huygens가 위성 타이탄Titan (moon)에 안착했고,
그곳에서 얼음산의 측면을 따라 흘러내리는 액체형 메탄으로

이루어진 강과 바다를 발견하면서 그 차갑고 으스스한
세계에도 유기화학 성분이 존재한다는 사실을 밝혀냈다.
그렇다면, 그곳에 생명체가 존재할 수도 있을까?
　　2017년 9월 15일, 카시니는 생명체가 존재할
가능성이 있는 타이탄이나 토성의 또 다른 위성
엔켈라두스Enceladus가 방사능에 오염되는 상황을 막으려고
일부러 토성 대기로 진입해 임무를 종료했다. 2015년
9월, 카시니의 영상팀 리더인 캐럴린 포르코Carolyn Porco
박사는 나사가 엔켈라두스에서 적어도 한 곳 이상의
생물학적 서식지를 발견했다면서 이렇게 말했다. "어쩌면
두 번째 창세기가 펼쳐진 곳일지도 모릅니다. 그곳은 우리
마음을 사로잡고, 가장 둔한 영혼에도 경외심과 기쁨을
안겨줄 가능성을 지닌 곳입니다." 그와 유사한 포부를 가진
목성 탐사선 갈릴레오Galileo는 2003년에 목성의 작은
위성 유로파를 보호하기 위해 카시니와 비슷한 방법으로
퇴역했다. 유로파의 얼음 표면 아래에는 유기체가 존재할

역사적인 탐사선

매리너Mariner 2호는 세계 최초의 행성 간 탐사선이다. 1962년 8월, 나사가 아틀라스-아제나 로켓에 태워 발사한 매리너 2호는 그해 12월에 금성에서 약 3만 3,796킬로미터 안쪽 거리를 통과했고, 곧 최초로 다른 행성의 근접 사진을 촬영했다.

가능성이 가득한 물바다가 숨어 있을 것으로 보인다.

2006년 1월에 발사된 뉴 호라이즌스New Horizons 탐사선은 2015년 7월에 '왜행성'인 명왕성을 지나가면서 명왕성의 행성 지위 박탈에 의문을 제기했다. 탐사선이 보낸 놀라운 사진 속 세계는 다른 행성만큼 자원이 풍부하고 구성이 복잡했으며, 심지어 희미한 대기까지 드러났다. 이제 탐사선은 40억 년 전 태양계가 형성되었을 때 우주 공간에 남겨진 얼음과 암석 조각이 모여 사는 미개척지, 카이퍼 벨트Kuiper Belt를 목표로 하며, 그 후에도 탐사는 태양을 멀리 떠날 때까지 계속될 것이다. 아직은 뉴 호라이즌스가 컴퓨터 보조 설계 단계였을 시절의 훨씬 이전에 발사되었던 성간 발사체보다 진행이 뒤떨어져 있다. 어쩌면 나사가 반세기 훨씬 이전에 시작한 일 중 가장 대단한 우주 사업은 다른 별로 여행할 수 있는 기계를 만든 것, 그리고 지구상 모든 인류와 구조물이 먼지로 사라진 지 오랜 후에도 그 기계들이 온전하게 살아남도록 만든 일일 것이다.

1960년대 후반, 달에 가려는 일만 해도 매우 어려웠으나, 캘리포니아 패서디나에 있는 나사의 제트추진연구소에서는 태양계를 가로지르는 로봇 탐사선에 대한 계획을 세웠다. 목성과 토성, 천왕성, 해왕성처럼 거대한 외부 행성은 176년마다 태양과 같은 면에 늘어선다. 나사는 1970년대 후반에 그 나열 현상이 예정되어 있으며, 그 시기가 놓치기 아까운 기회임을 잘 알았다. 그래서 제트추진연구소는 각 행성의 중력장을 이용해 다음 목표지를 향해 지나가는 탐사선의 방향을 전환하고 가속시키는 계획을 고안했다. 그 계획에는 그랜드 투어Grand Tour라는 별칭이 붙었다. 1977년 8월과 9월, 나사의 쌍둥이 참사선 보이저 1호와 2호가 한 달 간격으로 발사되었다. 그로부터 2년 후, 이 탐사선들은 목성을 지나치면서 복잡한 띠 모양의 구름 구조와 계속해서 몰아치는 붉은 허리케인, 지구 여러 개를 삼킬 수 있을 만큼 거대한 대적점Great Red Spot 등 목성의 혼란스럽고 놀라운 모습을 담은 이미지들을 보내왔다. 이후

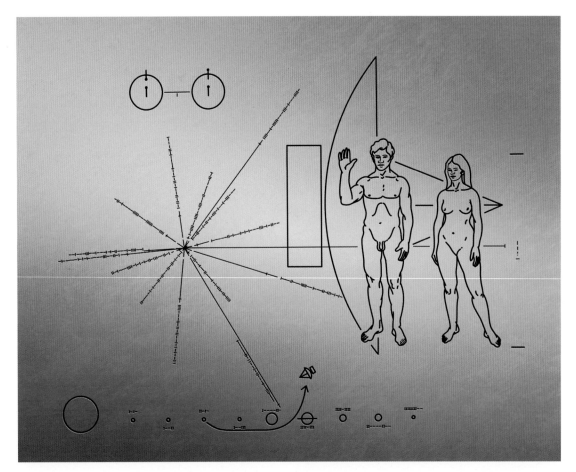

별을 향해 가는 사절단

먼 미래에 탐사선을 발견할지 모르는 외계인들을 위해, 파이어니어 10호와 11호에 그들의 출신 정보를 적은 작은 황금 명함을 넣어놓았다. 현재 파이어니어 10호는 황소자리에 있는 별 알데바란을 향해 가며, 그곳에 도착하기까지 200만 년이 걸릴 것이다. 파이어니어 11호는 약 400만 년 후에 별을 만날 것이다. 어떤 탐사선은 인류가 먼지로 사라진 후에도 오래도록 살아남을 수 있다.

보이저호는 목성의 중력을 이용해 토성으로 날아갔으며, 그곳에서 예상보다 더욱 복잡하고 정교한 고리 체계를 확인했다. 보이저 1호는 토성의 여러 위성 가운데 일부를 연구하기 위해 돌아다녔고, 보이저 2호는 1986년엔 천왕성, 3년 후엔 해왕성이 있는 태양계 바깥쪽으로 계속 이동했다. 보이저 1호가 토성의 중력에서 벗어나 더욱 깊은 우주로 떠나려가며 전송한 마지막 사진에는 멀리 있는 유일한 별인 태양이 인도하는 어둠 속의 작은 불꽃. 지구의 모습이 담겨 있었다.

'그들'을 향한 우리의 메시지

지능이 있는 외계인이 지구에서 날아온 이 로봇 사절단을 손에 넣을 것을 대비해서, 직경 약 30센티미터짜리 구리 디스크를 금박 코팅한 골든레코드 판을 각 보이저 탐사선에 넣어놓았다. 레이저 디스크나 DVD도 없었던 그 당시로서는 최고의 축음기 기술을 사용해 만든 것이었다. 보관함 안에는 키트에 들어 있는 스타일러스 바늘(축음기로

음악을 재생하려고 레코드판에 닿게 하는 바늘)을 이용해 음반을 재생하는 법을 적은 도표, 그리고 나사가 특별 문화 자문 위원회와 함께 선정한 지구 최고의 히트곡이 담긴 레코드판이 들어 있다. 보관함 안에는 인간은 물론이고 돌고래와 코끼리, 두꺼비 등 100장이 넘는 지구상 생명체들의 사진도 들어 있다. 오디오에는 새와 고래의 노래와 함께 파도, 바람, 천둥 같은 자연의 여러 소리가 녹음되어 있으며, 바흐와 베토벤의 곡부터 페루 팬파이프 곡과 미국의 전설적인 로큰롤 가수 척 베리Chuck Berry의 곡까지 외계인의 마음을 사로잡을 다양한 음악도 담겼다. 55개 언어로 된 각국의 짧은 인사말, 지미 카터 대통령과 쿠르트 발트하임 유엔 사무총장을 비롯한 다른 나라 지도자들의 메시지가 탐사선을 소개한다. 하지만 오디오로 녹음된 자료는 은하계 깊은 곳에서 누군가 이 디스크를 찾아냈을 때 이미 먼지 속으로 사라진 후일 것이 분명하다.

보이저호보다 5년 먼저 발사된 파이어니어Pioneers 두 대는 행성의 중력을 이용해 이동하는 나사의 또 다른

멀리서 본 우리 별
도널드 E. 데이비스Donald E. Davis가 나사를
위해 만든 1983년 이미지. 파이어니어
10호가 무한한 항해를 위해 태양계를
떠나면서 태양을 돌아보는 모습이다.

탐사선이다. 파이어니어 10호는 1973년 12월에 최초로
목성 옆을 비행했으며, 현재는 200만 년 너머에 있는
황소자리 지역의 붉은 별 알데바란Aldebaran으로 가는
여정을 수행 중이다. 파이어니어 11호는 현재 태양으로부터
약 160억 킬로미터 이상 떨어져 있다. 비록 보이저호들이 더
최근에 발사되긴 했지만, 파이어니어 탐사선들은 그 특별한
궤도비행 방식 덕분에 성간 우주를 향해 더 빨리 날아갔다.

　각 파이어니어호는 그래픽 디자인이 새겨진 직사각형
금속 명함이 있다. 이 금속판 좌측 상단에는 수소 원자
두 개가 결합된 분자의 도식이 있다. 수소는 매우 기본적인
우주 물질이기에, 고대의 나사 탐사선을 손에 넣은 지적
외계인에게 알려주어야 한다. 금속판에 새겨진 다른
문양들은 파이어니어호가 어디서 왔는지를 알려준다.
하늘에서 유독 밝게 빛나는 별 주위를 도는 세 번째 행성
말이다. 가장 눈에 띄는 것은 남녀 인간의 모습으로, 그 뒤에
그려진 파이어니어호를 기준 삼아 인간의 체격을 가늠해볼
수도 있다.

　수백 년이 지난 미래 언젠가 지능이 높은 외계인들이
이 신기한 물체를 발견할 수도 있겠지만, 사실 우리 세대에게
금속 명함과 골든레코드는 외계인보다는 우리 자신을 향한
메시지라고 볼 수 있다. 이제 더는 보내지 않는다고 해도,
인류 역사의 과정에서 인간이 한 번 혹은 두 번은 기어이
별들을 향해 메시지를 쏘아 올렸음을 의미하기 때문이다.
파이어니어호와 보이저호에 담긴 소리와 이미지는
기술적으로 암호화된 동굴 벽화인 셈인데, 우리가 그렇게
보는 데는 다른 이유도 있다. 외계인들이 그 속에 담긴
초상화를 보고 우리 모습을 상상할 수 있길 바란 것이다.
우주 임무를 수행하면서부터 과학자들은 메시지에 대해
다르게 생각하기 시작했고, 기호 말고 다른 방식으로도
메시지를 담게 되었다. 그러면, 왜 남자만 손을 흔들고,
여자는 손을 내렸을까? 나사는 만일 두 인간 다 손을 들고
인사하는 모습이라면, 외계인들은 인간이 모두 팔 하나를
든 채 온종일 돌아다닌다고 오해할지도 모른다는 결론을
내렸다. 1970년대에는 외계인에게 "안녕"이라고 말하는

최초의 인간이 여성일지도 모른다는 생각을 아무도 못
했지만, 다양한 자세를 보여주는 것이 이치에 맞았다.

그 규모의 측면에서 볼 때, 심우주 임무를 표현한 모든
예술가의 그림에는 거대한 거짓말이 들어 있다. 우주
탐사선과 우주 망원경, 로봇 착륙선과 우주정거장을 그린
작품은 대부분 그 크기를 단 하나의 이미지 안에 들어갈 수
있도록 축소해 만든다. 깔끔하게 채색된 곡선으로 표현되는
비행체 궤적의 이미지도 자주 볼 수 있는데, 이 또한
추상화다. 비록 우리가 '궤도'라는 단어를 접할 때마다

습관처럼 머릿속으로 밝은색 달걀 모양과 타원형의 경로를
상상하게 되긴 하지만 말이다. 천천히 2억 2,500만 년에
한 바퀴씩 질주하는 우리 은하와 그 은하의 무한히 작은
부분에 불과한 태양과 지구가 허공을 달리는 상황에서,
'궤도'의 진정한 의미를 우주 모습 그대로 표현하기란
불가능하기에, 아직 그 어떤 예술가도 태양계라는 상상의
경계선을 넘지 못했다.

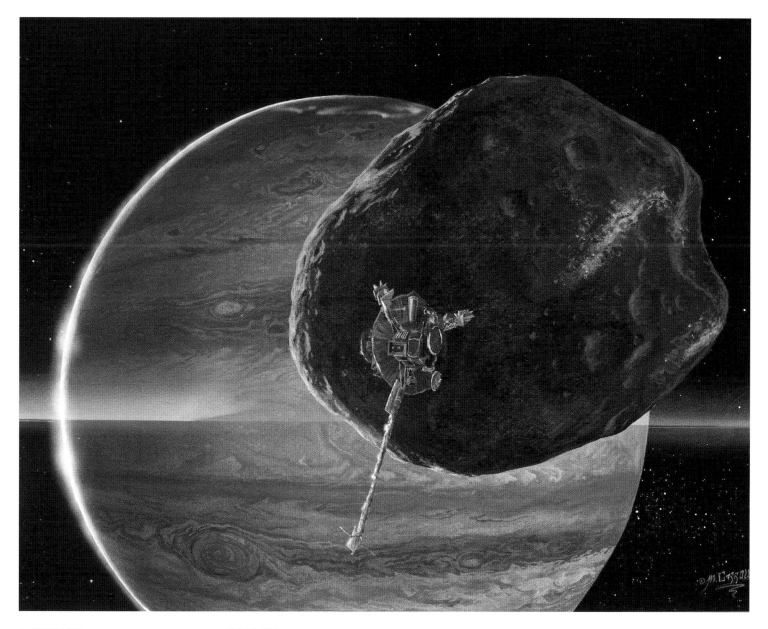

목성의 작은 위성

마이클 캐럴Michael Carroll의 2002년
작품으로, 목성의 작은 위성 아말테아
Amalthea 근처를 지나가는 갈릴레오
탐사선을 묘사했다. 가스 거인 목성의 북방
오로라, 대적점, 희미한 얼음 고리가 모두
묘사되어 있다. 안테나는 고장이 나서 탐사선
왼쪽에만 퍼져 있다.

가장 먼 우주

태양계는 낮은 데 달린 열매에 불과하다. 천체 대다수는
우리가 도달하기에 너무 먼 곳에 있지만, 나사의 우주 기반
장비들을 통해 그 상당 부분을 관측할 수 있다. 1990년
4월 24일에 지구를 떠난 허블 우주 망원경은 그다음 날
우주왕복선 디스커버리Discovery호에서 우주로 발사되었다.
10년 이상을 준비한 임무였음에도 허블의 첫 운용에 심각한
문제가 발생했다. 역사상 가장 선명한 심우주 이미지를
전달하기로 되어 있던 이 20억 달러짜리 망원경이 지구에

보내온 첫 시험용 이미지는 초점이 맞지 않는 흐릿한
사진이었다. 지상에서는 긴급하게 문제를 파악했고, 허블의
주 반사경의 가장자리가 사람 머리카락 두께의 약 50분의
1인 2.2마이크론 깊이로 너무 평평하게 제작되었기
때문이라고 판단했다. 문제가 또 있었는데, 허블이 지구
궤도를 이동하는 동안 따뜻한 낮 구역과 극도로 추운 밤
구역을 지나가면서 거대한 태양 에너지 집열판이 구부러져
버린 것이다.

　다행히도 허블은 처음부터 우주왕복선의 우주인 팀이

모든 게 계획대로 됐더라면
갈릴레오 탐사선을 그린 이 1989년 작품은
메인 안테나가 제대로 펼쳐졌다면 탐사선이
어떤 모습이었을지를 보여준다.

진정한 외계 세상

크레이그 애터베리Craig Atterbery가
유럽우주국을 위해 그린 것으로, 2005년
하위헌스 탐사선이 토성의 위성 타이탄의
대기권으로 하강하는 모습을 강렬하게
해석한 작품이다. 위성 타이탄은 두꺼운 메탄
대기와 탄화수소 비로 채워진 메탄 강과 호수,
얼음으로 된 산으로 둘러싸여 있다.

수리할 수 있도록 설계되었다. 나사와 관계자들은 기발한
광학 교정 장치 코스타Corrective Optics Space Telescope Axial
Replacement(COSTA)를 고안했다. 옛날 전화 부스 크기에
동전보다 작은 거울들로 구성된 수리용 망원경이다. 1993년
12월 2일, 우주왕복선 엔데버Endeavour가 구조대와 함께
허블을 향해 날아갔고, 로봇 팔을 이용해 허블 망원경을
화물칸으로 데려왔다. 우주비행사 스토리 머스그레이브Story
Musgrave와 제프리 호프만Jeffrey Hoffman, 토마스 에이커스
Thomas Akers, 캐스린 손턴Kathryn Thornton은 총 35시간
동안 다섯 차례의 우주 유영을 하며 결함이 있는 태양
집열판을 교체하고 코스타와 다른 장비를 설치했다.
이후 허블은 역사상 가장 인기 많고 훌륭한 과학 장비로

손꼽히면서, 위태로웠던 첫 시기를 빠르게 지워나갔다.
셀 수 없이 많은 별 수십억 개와 먼 은하들의 놀라운
이미지는 천문학자와 우주학자들에게 수많은 통찰력을
새로이 안겨주었다. 그 아름다운 모습은 대중이 품은 우주와
그 안에서의 우리 위치에 관한 생각을 완전히 바꿔버렸다.

허블의 후계자인 제임스 웹 우주 망원경James Webb
Space Telescope(JWST)이 곧 발사될 예정이다.[8] 제임스
웹은 테니스장 크기의 평평한 햇빛 차양이 설치된 지름
약 6.4미터짜리 주 반사경으로 구성되어 있으며, 햇빛 차양
반대편에는 추진제와 통신장비, 태양광 발전판이 장착된
보조용 우주선이 있다. 극도로 멀리 있는 은하를 관측하는
용도인 이 망원경은 주어진 목표물로부터 초당 광자 한 개

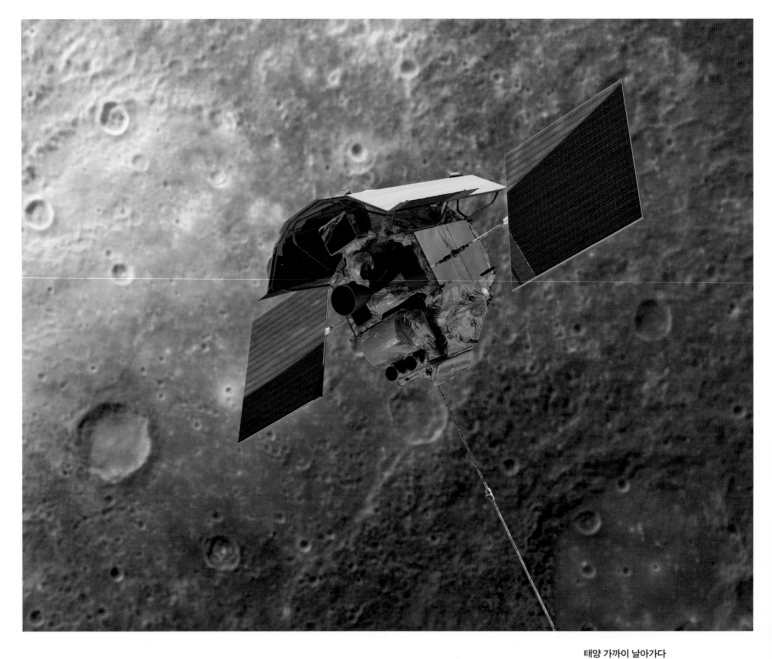

태양 가까이 날아가다
메신저MESSENGER 탐사선은 이전에 볼 수
없었던 수성의 풍경을 드러냈다. 11년간의
임무 수행 후, 이 수성 탐사선은 과학적인
데이터를 얻고자 2015년에 의도적으로
수성과 충돌했다.

이하의 빛을 포착할 만큼 섬세하다. 장착된 반사경(우주에 배치된 사상 최대 규모의 거울)은 가능한 한 많은 광자를 포착하도록 설계되었으며, 특히 적외선 관측 능력이 뛰어나다. 이처럼 감도가 매우 높은 제임스 웹 망원경은 심우주 촬영에 사용해야 한다. 이 망원경은 지구로부터 약 161킬로미터 떨어진 L2[9]라는 특별한 영역에 놓이는데, 이곳에서는 천체들의 중력이 중첩되어 태양과 지구, 달이 망원경을 항상 햇빛 차폐 '뒤에' 위치할 수 있도록 도와준다. 그 덕분에 천체에서 발생하는 유열과 빛으로부터 주 반사경과 집광용 장치들을 보호할 수 있다.

미래를 향해

유명한 SF 작가이자 우주 애호가인 아서 C. 클라크는 이렇게 말했다. "언젠가 우리는 우주선을 타고 여행하지 않을 것이다. 우리 자체가 우주선이 될 것이다." 어떤 의미에서 우리는 이미 그리되었다. 로봇 탐사는 우리의 생각과 물리적인 한계를 확장해주었으며, 원격으로 움직이는 손으로 멀리 있는 세상의 흙 속을 살펴볼 수 있도록 해주었다. 그렇다면 우리는 외계의 먼지를 우리 손으로 움켜쥐기 위해 직접 가는 수고를 하지 않아도 된다는 뜻일까? 이것은 우주 시대가 시작된 이래로 줄곧 큰 논쟁거리였다. 논리적으로 생각해보자면, 기계 탐사선은 우주 탐사를 위한 가장 안전하고 효율 좋은 도구다. 본능과 감정은 우리가 서로 다르게 생각하도록 만든다. 과학과 기술이 발전하는 모습을 보면, 인류의 어떤 부분이든 태양계 너머에 도달하는 건 인간의 의식과 기계의 혼합물이 되리라는 예상을 하게 된다. 정말 그렇게 될지 누가 알겠는가?

나사는 그런 먼 미래의 모습을 예측하는 일에 신중해야 한다. 그런데도 때때로 빛보다 빠른 물리학에 관해서나 수천 명의 생활터가 된 회전하는 거대한 우주 거주지 등 이상적인 생각이나 가설에 불과한 연구들을 가볍게 거론하곤 한다. 얼마 전, 미국 상원의원들이 지구의 환경 위기에 대처하는 방법으로 우주를 언급한 카리스마 넘치는 한 강연자의 이야기를 경외하며 경청한 적이 있었다. 이 프린스턴대학교의 물리학 교수인 제라드 K. 오닐Gerard K. O'Neill 박사는 1970년대 후반에 수 마일 길이의 우주 거주지에 관한 아이디어를 제안했다. 거대한 달걀 또는 도넛 모양의 외양을 가진 각 거주지는 회전하면서 인공 중력을 만들었으며, 그 안에는 사람 수만 명이 살았고, 거주지 옆에 떠 있는 거대하면서도 깃털처럼 가벼운 태양 반사광을 통해 필요한 에너지를 얻었다. 나사의 예술가들은 이런 상상력을 이용해 대중에게 우주 모험은 이제 시작에 불과하며 우리가

원한다면 훨씬 더 멀리까지 탐험할 수 있다고 생각하도록 만들었다.

나사는 심지어 우주 함선starship에 관한 계획서도 있다. 1994년, 물리학자 마이클 알쿠비에레Michael Alcubierre는 어떤 물체도 빛보다 빠르게 이동할 수 없다는 알베르트 아인슈타인Albert Einstein의 상대성이론에 어긋나지 않고도 지구에서 가장 가까운 별 센타우루스자리 프록시마Proxima Centauri까지의 4광년 거리를 불과 5개월로 줄일 수 있는 알쿠비에레 워프 드라이브Alcubierre warp drive를 제안했다. 정지한 우주선은 우주를 비행하기보다는 주변 환경을 뒤틀리게 하는 '음(陰)에너지' 장을 만들어, 뒤의 시공간은 팽창시키고 앞의 시공간은 수축시킨다. 공항에서 주로 보는 무빙워크를 상상해보면 된다. 서둘러 터미널로 가야 하는 상황에서, 걸어가는 승객이라면 인간의 최대 보행 속도만큼만 빠르게 갈 수 있지만, 무빙워크(시공간 이동)로는 훨씬 빠르게 이동할 수 있다. 그 결과, 승객은 보행 속도만으로 도달할 수 있는 시간보다 훨씬 더 짧은 시간에 목적지에 도착한다. 이런 워프, 즉 휘어진 길을 만들기 위해서는 독특한 형태의 에너지, 그중에서도 특히 더 위험한 형태의 반물질 에너지가 필요하다. 하지만 우리가 만약 이 에너지를 안전하고 경제적으로 이용할 수만 있다면, 반물질은 우리에게 별들로 가는 길을 열어줄지도 모른다. 나사는 디지털 디자이너 마크 래드메이커Mark Rademaker의 상상도까지 더하며 알쿠비에레 우주선의 호화로운 모습을 묘사하는 일에 직접 나선다. 현실이 이런 꿈을 따라잡을 수 있을지는 시간만이 답할 수 있을 것이다. 그렇다면 우리 종족이 잠재력을 발휘할 수 있는 시간은 얼마나 남아 있을까? 거대한 소행성이 지구에 충돌하고, 갑자기 모든 희망과 꿈이 끝나버리는 광경을 그린 우주 예술가들의 그림, 그중에서도 가장 삭막하다는 작품은 보지 않는 편이 나을 것이다. 그저 반세기가 넘도록 쌓여온 나사의 우주 그림과 삽화로 끊임없는 영감을 느끼면서, 기도하는 마음으로 먼 별들을 응시하자.

9 라그랑주 2Lagrange 2라고도 하며, 지구와 달의 중력과 원심력이 상쇄되어 중력의 영향을 받지 않게 되는 평형점인 라그랑주점 세 개 중 하나다.

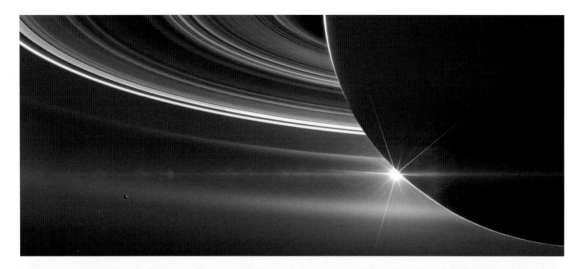

고귀한 자멸
토성 탐사선 카시니의 '그랜드 피날레Grand Finale'. 석양의 마지막 순간, 토성의 상층 대기권으로 가파르게 하강하는 순간 등 이 탐사선은 화려하고도 달곰쌉쌀한 파멸 속에서 마지막까지 소중한 데이터를 전송했다.

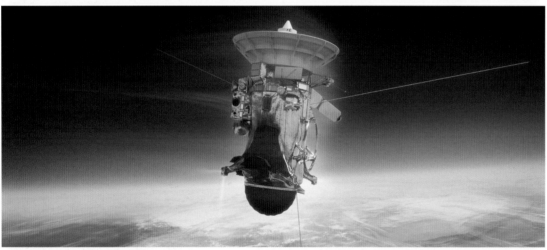

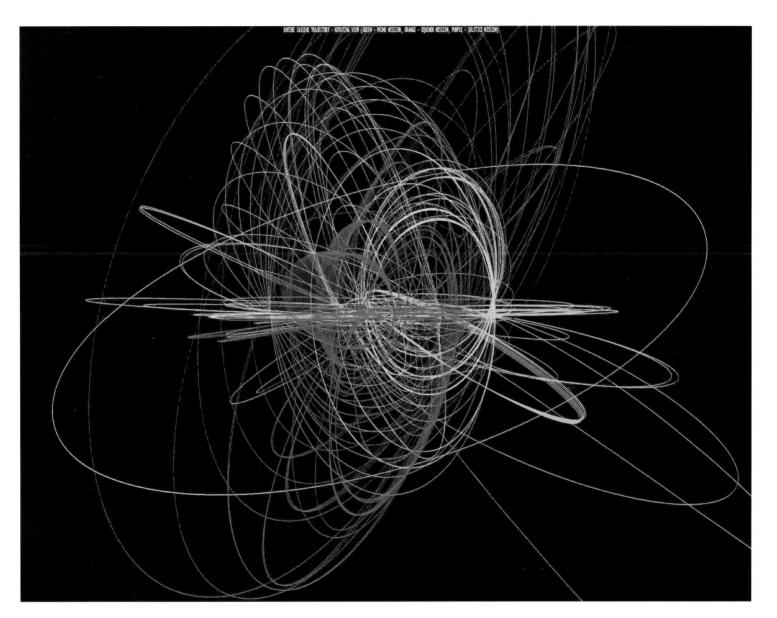

예술이 된 수학
나사의 제트추진연구소에서 카시니
탐사선이 수년간 토성계에 남긴 궤적을
컴퓨터로 그려냈다. 녹색은 주요
임무 단계(2004-2008), 주황색은
'이퀴녹스Equinox' 임무 단계(2008-
2010), 보라색은 '솔스티스Solstice' 임무
단계(2010-2017)를 나타낸다. 토성에
도착해서부터 수명이 다할 때까지, 카시니는
약 19억 킬로미터가 넘는 거리를 여행했다.

경험으로 그린 그림

2016년 11월, 나사는 스물다섯 명의 예술가를 초대해 미국 버지니아주 메릴랜드의 고다드우주기지에 있는 제임스 웹 우주 망원경을 공개했다. 이 작품은 제임스 웹의 주 반사경을 섬세하게 그린 조애나 바넘Joanna Barnum의 수채화 작품이다.

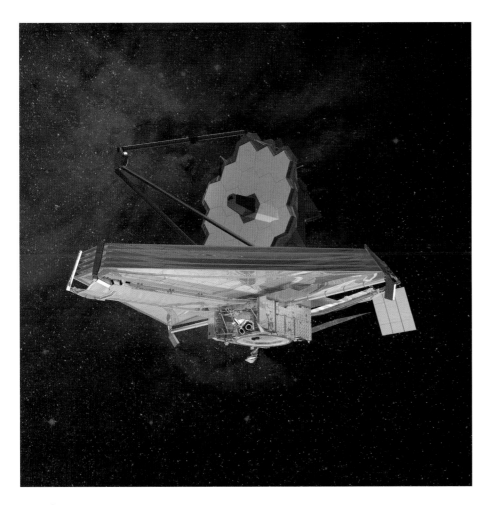

허블의 후계자
노스롭그루먼Northrop Grumman사가 제작한
제임스 웹 우주 망원경은 지구에서 160만
킬로미터 떨어진 특별한 궤도 위를 차지할
예정이다. 망원경을 둘러싼 금속 포일은 열과
빛, 그리고 다른 태양 복사로부터 기구들을
보호한다. 제임스 웹은 왼쪽 유럽우주국의
아리안 로켓으로 발사될 것이다.[10]

10 2021년 12월 25일에 발사 완료되었다.

껍데기 속의 꿈

릭 가이디스Rick Guidice는 1970년대 중반,
제라드 K. 오닐 박사가 설계한 광대한
우주 식민지의 모습을 시리즈 그림으로
구현해냈다. 나사는 이런 추측성 연구를
암묵적으로 지지했다. 이 작품 속 구조물은
각 32킬로미터 정도 길이의 거주용 원통
두 개와 그 주위를 회전하는 햇빛 반사경
세 개로 구성되어 있다. 원통 끝에 있는
공간은 작물 재배를 위한 곳이다.

지구의 부담을 덜어주는 걸까?

1970년대 중반, 릭 가이디스는 더 나아가
광대한 우주 거주지에서의 생활을 상상했다.
건축 자재는 달에서 채굴할 예정이며,
뒷면까지 이어지는 이 모든 아이디어는
지구의 인구 압박을 완화하기 위한 것이었다.
사실 이런 아이디어가 만들어지는데 일부
기여한 폐쇄 루프[11] 환경적 연구는 땅의
가치를 되돌아보는 새로운 환경 운동에
중요한 의미를 부여하기도 했다.

11 closed loop. 외부의 도움 없이
      자체적으로 유지할 수 있는 상태.

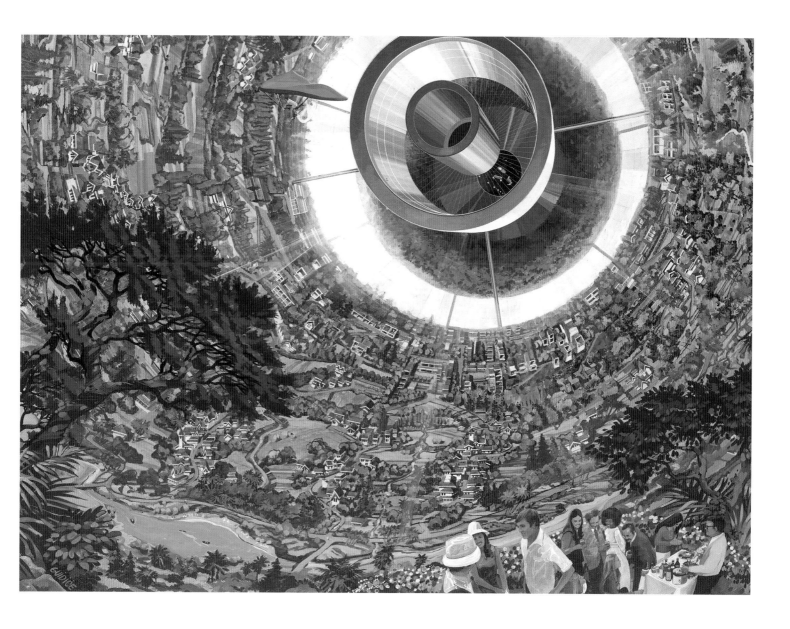

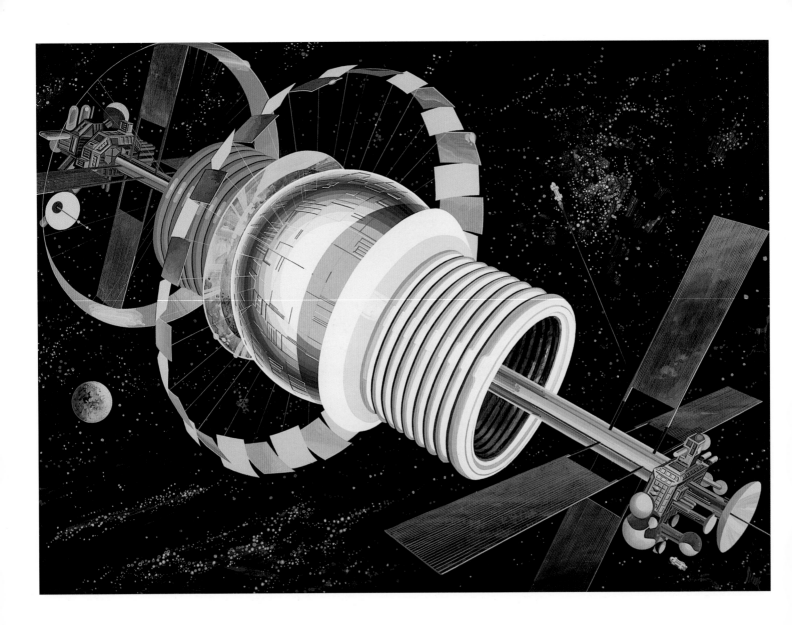

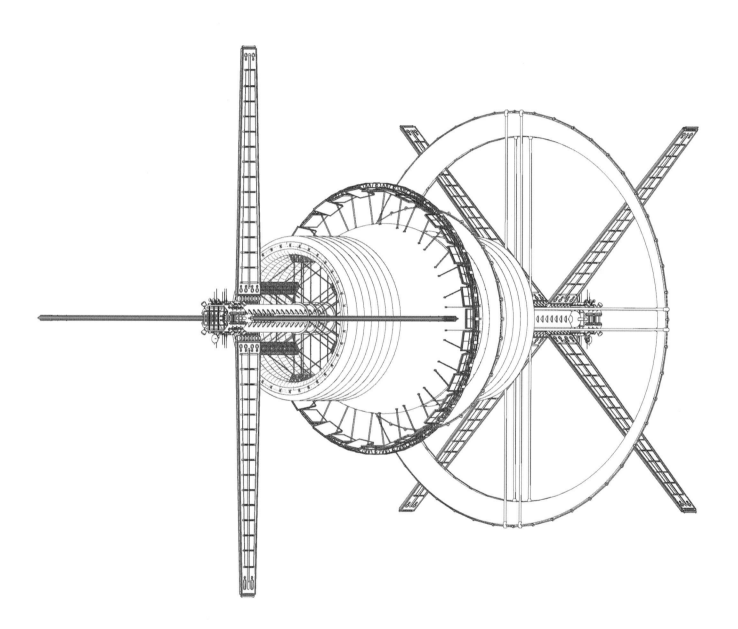

쉴 수 없는 종족
아담 벤턴Adam Benton의 2009년 작품으로,
부드럽게 회전하며 생성된 인공 중력 속에서
사람들이 안락하게 생활하는 원기둥 모양의
우주 거주지를 묘사했다. 그러나 어떤 세대든
현재 세상보다 더 큰 가능성을 가진 미래를
꿈꾸곤 한다. 이 원기둥 속에서 쉴 새 없이
살아가는 사람들을 자극해, 그 세계를 떠나
다른 곳으로 향하게 만드는 꿈은 과연 어떤
꿈일까?

무한대를 넘어선 여행
1969년 로버트 맥콜이 〈2001: 스페이스
오디세이〉를 위해 그린 작품이다. 거대한
핵 추진 우주선 디스커버리호가 1인용
우주선을 급파해 낯선 외계인과 만났다.
맥콜은 극적 효과를 위해 로켓의 불기둥을
과장해 표현했다.

현실적인 우주선
영국의 그래픽 아티스트 에이드리언
만Adrian Mann이 거대한 로봇이자 성간 무인
우주 탐사선인 프로젝트 이카로스Project
Icarus를 묘사한 작품이다. 1970년대
영국행성간학회British Interplanetary
Society(BIS)에서 개발한 콘셉트를 토대로
만들어졌으며, 최신 핵융합 연구 결과를
적용하기 위해 업데이트되었다. BIS는
1930년대부터 다양한 아이디어로 나사의
계획을 알리는 데 도움을 주었다.

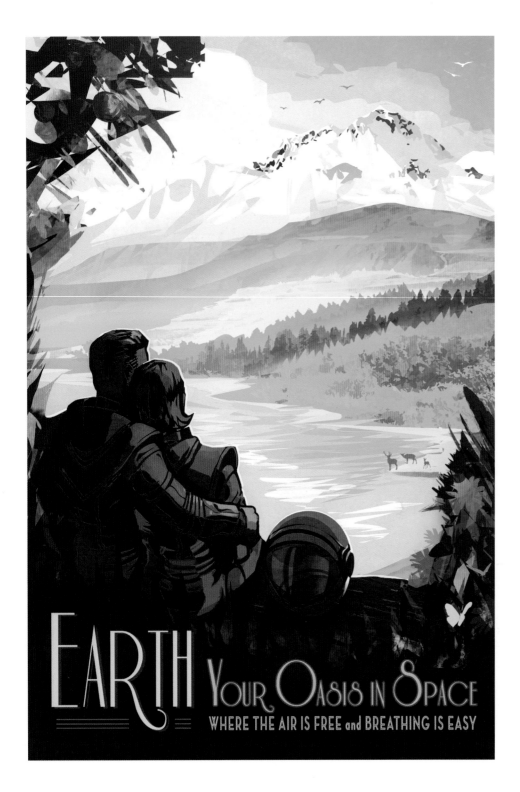

집만큼 좋은 곳은 없다

대중에게 우주 탐사의 미래와 가능성에 지속적인 흥미를 불러일으키기 위해, 나사는 예술가 및 그래픽 디자이너 들과 함께 끊임없이 일한다. 최근 제트추진연구소의 한 크리에이티브 팀은 20세기 중반 여행 포스터를 연상시키는 〈미래의 비전Visions of the Future〉이라는 제목의 옛 스타일 포스터 시리즈를 제작했다. 환상적인 탐험의 기회가 태양계 구석구석에서 우리를 기다림을 보여주는 포스터 열네 점을 완성하는 데 예술가 아홉 명이 참여했다. 하지만 조비 해리스Joby Harris의 이 작품은 그 어느 곳보다 좋은 한 세계를 잊어선 안 된다며 우리를 일깨워준다. 그곳은 바로 우리 지구다.

우리의 기계 그림자

로보넛Robonaut으로 이 알려진 휴머노이드
기계가 나사의 2004년 그림 속에서 화성을
탐험한다. 이렇게 기계를 통해 인간의 접근
범위가 넓어질 수 있다. 로보넛의 원형이
국제 우주정거장에 있는데, 언젠가는
우주인이 우주 유영을 하는 동안 로보넛이
옆에서 도구를 들고 도와줄 수 있을 것이다.

애드 아스트라[12]

워프스피드warp-speed 우주선의 콘셉트
그림은 나사의 첨단 추진팀 수석 과학자인
해롤드 화이트Harold White가 설계했고,
2014년 마크 래드메이커가 이미지를
만들었다. 그 설계도는 우리에게 낯선
'반물질negative mass' 입자와 아직 실현
불가능한 다른 가설을 토대로 만들어졌으나,
그 가설을 뒷받침하는 물리학은 워프
드라이브가 언젠가 실현될 수 있음을
알려준다.

12 Ad astra. 라틴어로 '별을 향하여'라는
뜻이다.

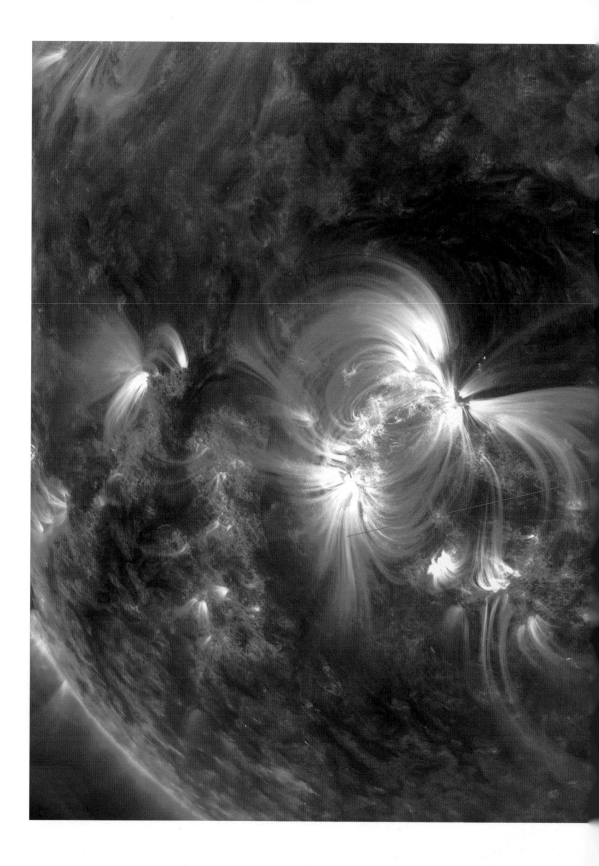

가장 가까운 별 탐험
나사의 이 2018년 작품에서 파커 태양 탐사선Parker Solar Probe은 태양에 접근 중이다. 이 탐사 임무는 지구상 모든 생명체에 영향을 미치는 '우주 날씨'를 이해하는 데 중요하게 이바지한다.

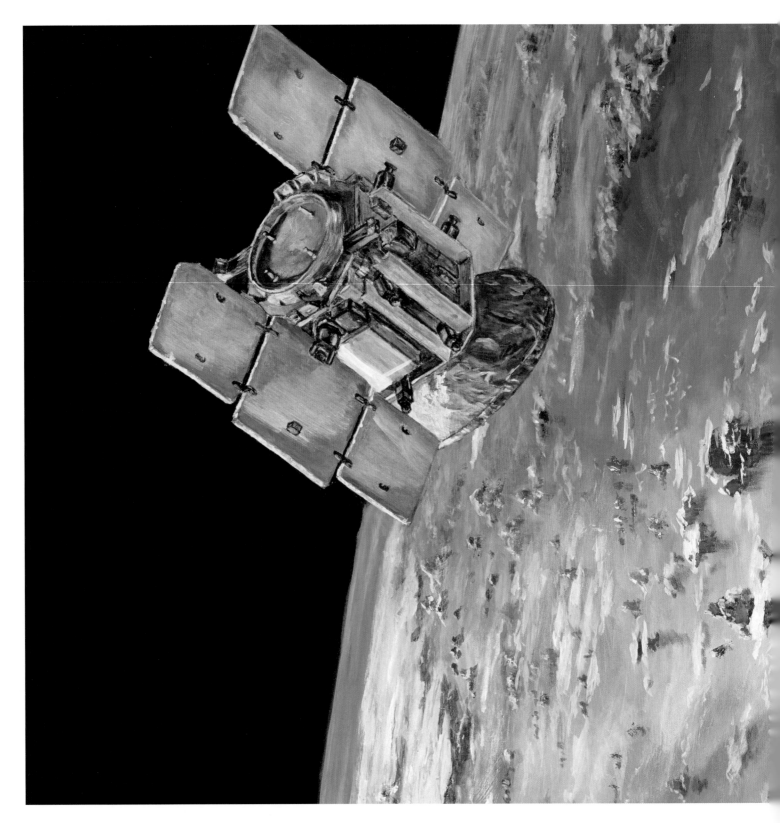

가장 중요한 행성

우주를 탐험할수록 우리는 집이라고 부를
수 있는 단 한 세계, 그리고 인류 대다수가
자기 미래를 만들어야 하는 이곳 지구에 관해
더 많은 것을 깨닫게 된다. 그 어떤 거대한
우주 거주지도, 우리의 고향 땅을 공유하는
모든 동식물은 물론이거니와 70억 명의 사람
모두를 수용할 수 없기 때문이다. 나사의 이
2005년 그림은 먼 별이 아닌 지구를 연구
목표로 하는 수많은 국제 위성 중 하나인
클라우드샛CloudSat의 모습을 묘사한다.

도판 출처

이 책에 수록된 이미지 대부분을 제공해준 나사에 깊은 감사를 표한다. 이미지를 나사와 무관한 제품이나 서비스를 홍보하는 데 사용하지 않는다면, 나사의 모든 이미지는 별다른 제한 없이 출판할 수 있다. 또한, 가능한 한 이 책에 수록된 모든 이미지의 캡션에 해당 작가의 이름을 표기하고자 최선을 다했다.

나사의 이미지 외에도, 특정 아티스트와 회사, 기록 보관소가 허가해준 덕분에 나사 밖의 중요한 이미지들을 구할 수 있었다. 그 이미지들에 관해 이 책에서 언급한 내용은 소유자 개인이나 회사 또는 기록 보관소의 견해와 일치하지 않을 수도 있음을 이해해주길 바란다. 우리는 다음 분들께 감사의 말을 전하고자 한다.

지은이 피어스 비조니

과학 저널리스트, 영화 제작자 및 책 제작자다. 런던에서 인물 사진작가로
경력을 시작해 영국과 미국의 다양한 잡지에 과학, 항공우주, 우주론에 관한
글을 기고했다. 2012-2018년에는 스탠리 큐브릭의 영화 〈2001: 스페이스
오디세이〉와 〈닥터 스트레인지러브〉를 기념하는 다양한 도서 프로젝트와 국제
전시회를 위해 큐브릭의 가족과 긴밀히 협력했다. 또한 미국항공우주국의
60주년을 기념하는 가장 유명한 임무 주요 회고전에서 나사와 협력했으며,
쾨르토Quarto와 함께 플로리다에 있는 나사의 발사장을 위한 브로슈어를
만들었다. 유럽우주국에서 고위 인사를 위한 브로슈어와 정치 연설문을
작성하기도 했다. 지은 책으로는『문샷: 핫셀블라드 카메라를 통해 본 나사 우주
탐사 50주년Moonshots: 50 Years of NASA Space Exploration Seen Through Hasselblad
Cameras』(2017),『우주왕복선: NASA 최초의 우주비행기 30주년 기념The Space
Shuttle: Celebrating Thirty Years of NASA's First Space Plane』(2011),『거대한 도약:
아폴로 11호의 기억One Giant Leap: Apollo 11 Remembered』(2009),『2001: 미래를
촬영하다2001: Filming the Future』(2000),『화성의 강들The Rivers of Mars』(1997)
등이 있다. 모국인 영국에서 젊은이들을 위한 과학 봉사 프로그램에 참여 중이다.

옮긴이 송근아

대학에서 물리학을, 대학원에서 국제영어교육 TESOL을 전공했다. 글밥아카데미
출판번역과정을 수료 후 바른번역 소속 번역가로 활동 중이며, 지역 도서관 및
하브루타 교육학원에서 영어 원서 강의도 병행한다. 번역한 책으로『모든 것의
시작과 끝에 대한 사색』『우주를 정복하는 딱 10가지 지식』『더 마블 맨』『폭풍의
언덕』(공역) 등이 있다.